ROBERTO JENKINS DE LEMOS

Ilustrações

MARCELO MARTINS

FURO DE REPORTAGEM

Coleção Jabuti Aventura

11ª edição

Editora Saraiva

Editora: CLAUDIA ABELING-SZABO
Suplemento de trabalho: GISLENI BERTONI DE ALMEIDA
Preparação de texto: CARMEM TERESA SIMÕES COSTA
Coordenação de revisão: LIVIA MARIA GIORGIO
Gerência de arte: NAIR DE MEDEIROS BARBOSA
Supervisão de arte: JOÃO BATISTA RIBEIRO FILHO
Produtor gráfico: ROGÉRIO STRELCIUC
Impressão e acabamento: Forma Certa

Dados Internacionais de Catalogação na Publicação (CIP)
(Câmara Brasileira do Livro, SP, Brasil)

Lemos, Roberto Jenkins de
Furo de reportagem / Roberto Jenkins de Lemos ; ilustrações Marcelo Martins. — 11. ed. — São Paulo : Saraiva, 2009. — (Jabuti)

ISBN 978-85-02-08209-0

1. Literatura infantojuvenil I. Martins, Marcelo. II. Título. III. Série.

97-4244 CDD-028.5

Índices para catálogo sistemático:

1. Literatura infantojuvenil 028.5
2. Literatura juvenil 028.5

11ª tiragem, 2022

Saraiva Educação S.A.

Avenida das Nações Unidas, 7221 – Pinheiros
CEP 05425-902 – São Paulo – SP – Tel.: (0xx11) 4003-3061
www.coletivoleitor.com.br
atendimento@aticascipione.com.br

CL: 810054
CAE: 571350

Sumário

1

Cadê dona Margô?

— Acho que dona Margô sumiu!

— Como é que é?!

— É isso mesmo, Laura. Nem os passarinhos estão cantando por lá...

— Corta essa, Chicão. Deixe de criar mistérios, pô!

— Ô Décio, eu sei do que estou falando, cara. Passo lá duas vezes por dia desde que estou na escola. Sinto a coisa no ar.

— Bem, ela pode ter saído de casa...

— Terê, é diferente. Aconteceu alguma coisa, tenho certeza. A casa tá fechada, mas tem gente lá.

Na hora do recreio daquela segunda-feira nosso amigo Chicão estava preocupado de verdade.

Mas por que este papo estava rolando?

2

Fechamento do jornal

— Olha aqui, Marcos: temos de fechar o jornal até amanhã ou vamos perder a data...

— Tudo em cima, Laura. Minha parte está feita e agora só falta a do Chicão.

— Tem hora que o Chicão me deixa com raiva — comentou Tereza —, ele é descansado demais.

— Lá vem ele... e pelo jeito, não vamos fechar o jornal.

— Não implica, Décio.

Chicão era bem troncudo e entrou no pátio da escola carregando a mochila por cima do ombro, a outra mão no bolso e olhando para o chão. E vinha devagar.

— Boa tarde, Chicão — Laura cutucou o amigo atrasado. — E aí, cara?

— Oi, turma, tudo bem?

— Trouxe a sua matéria? — Décio foi direto.

— Xi! Deixei lá em casa.

A bronca foi geral e teria sido maior se o sinal não tivesse tocado.

* * *

Os cinco amigos eram os responsáveis pelo jornalzinho da escola, *O Espaço*. A ideia fora de Laura, imediatamente apoiada por Décio (registre-se: os dois eram considerados os melhores alunos do nono ano da Escola Municipal Delmiro Gouveia).

Colegas desde o Pré, formavam a equipe de *O Espaço*: Laura e Décio eram os redatores do jornal; Chicão atuava como repórter, "o buscador de matérias", como ele próprio se anunciava; Tereza cuidava da datilografia dos estênceis, tarefa na qual era ajudada por sua mãe; e Marcos era o responsável pelos anúncios; isso mesmo, o jornal tinha até uma página de anúncios!

Dona Gilda, a diretora da escola, dera a maior força para a ideia, e, quando Tereza chegava com os estênceis prontos, o mimeógrafo da escola ficava por conta do jornal — ela só pedira ao quinteto que desse um jeito de arrumar o papel para rodar o jornal, razão pela qual Marcos corria atrás de publicidade; os anúncios podiam ser pagos em dinheiro ou em cem folhas de papel ofício. Eles até já haviam conseguido um bom estoque de papel. A outra regrinha de dona Gilda é que não poderiam usar o mimeógrafo às quintas-feiras, dia de rodar provas.

Já estavam no terceiro número, e os colegas enturmaram na ideia: todo mundo queria escrever em *O Espaço*.

Laura reclamava que tinha mais poesia do que tudo: "Gente, não podemos ser um jornal só de versos! Tem de ter matéria corrida, textos, precisamos falar do bairro, da comunidade, senão os anúncios vão diminuir".

Aí estava a razão da bronca em cima do Chicão: na pauta daquele número fora decidido que cada um teria de escrever sobre temas diferentes. Assim, coube ao "repórter" Chicão fazer duas entrevistas com moradores locais, focalizando o que eles achavam de serem vizinhos da escola. "Nossa vizinhança fala" foi o título da matéria... e Chicão pisara na bola!

* * *

No recreio, Laura explicava sua posição para Tereza e Décio:

— Depois de lermos a matéria do Chicão conferindo a gramática, Terê tem de datilografar tudo. E se ele não trouxer hoje, amanhã não vai dar pra fecharmos o jornal.

— Você tem razão — apoiou Décio. — E aí, não conseguiremos rodar o jornal na quarta... e quinta, não dá.

— O jornal vai sair atrasado — concluiu Tereza.

— A não ser que...

— Que o quê, Décio?

— ... bem, depois da aula vou com o Chicão, pego o texto e levo na sua casa, Terê.

— Se você pudesse fazer isso, Décio, seria ótimo. Eu vou pra lá e faremos o copidesque juntos. Só que você vai chegar em casa bem tarde.

— E tem outra solução?

— É! Deixar pro Chicão ir na casa da Terê vai acabar dando zebra. Aposto que ele ainda não escreveu nada. Deixa que eu ligo pra sua casa dizendo que você vai atrasar um pouco.

— Falou, Laurita.

* * *

Chicão e Marcos eram da outra turma do nono e, quando tocou o sinal do recreio, ficaram um pouco na sala.

— Fiz não, Marcos. Tô supergrilado com um caso...

— Mas que caso, Chicão?

— Dona Margô sumiu, cara!

— Epa, isso é papo pra rolar com todo mundo. — E Marcos foi saindo da sala, meio conduzindo Chicão.

Quando se encontraram com os outros, aconteceu a conversa do início.

— É isso aí, gente, tô supergrilado com esse negócio.

— Peraí, conta mais um pouco.

— Na sexta, fui lá depois da aula pra levar o papo da entrevista, e a casa estava fechada. "Bem", pensei, "ela deve ter saído, volto depois". Almocei e voltei. Nada, tudo fechado. Então fui entrevistar o velho Salatiel, o sapateiro. Fiquei com ele até começar a novela das sete...

— Menos mal, pelo menos temos uma entrevista.

— No sábado voltei na dona Margô. Tudo igual. Até pior: o gato dela estava miando na porta do lado, aquele miado comprido, que nem choro de criancinha.

— Vai ver que ela foi visitar alguém, ora.

— Nada disso, cara, pode crer. Na quinta estive lá e ela não disse nada. Vá lá que ela tenha resolvido sair depois que passei por lá... mas, e os passarinhos e o gato?

— Peraí, chapinha. A velhinha não iria levar os bichos com ela, iria?

— Aí é que tem, Marcos. Ela não levaria, mas onde é que eles ficariam? Lá está um silêncio só, e essa do gato ter ficado do lado de fora... Olha, desde que me entendo por gente, só umas duas vezes ela precisou passar uns dias fora, mas aí pediu pra gente dar comida aos passarinhos e ao gato, pra minha mãe e pra dona Matilde, uma vizinha lá da rua.

— É, pode ser estranho — Marcos nem sabia o que dizer, pois ele não era chegado à dona Margô.

— E tem gente lá na casa dela.

— Ora, então está explicado. São amigos dela que estão tomando conta da casa. Ela precisou sair e chamou os seus amigos — concluiu Tereza.

— Preste atenção que não é tão simples assim: quando vi o gato miando na porta, pensei comigo que dona Margô devia estar em casa, pois gato é bicho esperto e não ia ficar de bobeira ali, se ela não estivesse em casa. Aí, me assustei: e se ela tivesse passado mal?

— É... podia ter acontecido. Mas você não disse que tinha gente lá?

— Calma, Décio, não afoba. Fiquei assustado, pois na sexta eu devia ter batido na porta. Fui lá e bati. Bati e chamei por ela.

— !!!

— ...e nada, nem um barulho. Meu coração disparou, gente. A velha morreu, foi o que pensei.

— Calma, Chicão. Bem... é, ela podia ter passado mal... mora sozinha...

— E não é isso?! Resolvi ir chamar meu velho para ver o que a gente podia fazer.

— Boa, seu Francisco é gente fina.

— Saí meio depressa e não tinha andado uns duzentos metros, quando uma kombi passou e parou na casa de dona Margô.

— E aí? — Tereza agora estava ligadona.

— Um casal desceu da kombi e entrou na casa, a mulher carregava um pacote de bom tamanho. Bem, se havia gente lá seria fácil saber de dona Margô. E voltei. Voltei e bati na porta.

— !!!

— O gato continuava miando, agora nos fundos da casa. Bati de novo e a porta se abriu.

— Dona Margô!

— Negativo. Foi um homem bigodudo. Nem deixei ele falar nada e perguntei por dona Margô.

"Marrgô num estarr. Fiajou na... é... domingas. Eu tomarr conta do seu casas".

— Ué, mas você não disse...

— Calma, Terê. Deixe o Chicão contar — cortou Laura.

— No domingo uma ova, pensei. Mas o que é que ia dizer? O cara falou e ficou ali me olhando. Não dava pra ver nada lá dentro. Pensei rápido e disse que então tava tudo bem e que eu ia pegar o gato dela pra levar pra minha casa.

— E o cara, o que disse?

— Vocês nem vão acreditar, gente... foi aí que ele se entregou, pois disse: "Que gatas? Terr uma gatas aí forra que mia toda horra. Pode levarr eles", e fechou a porta.

Os outros se entreolharam.

— É, Chicão. A história está meio enrolada — disse Marcos.

— Vai ver que o tal bigodudo não saca nada de gatos — simplificou Tereza.

— Ô, gente. Vocês não conhecem a velha. Sair de casa sem falar do gato e dos passarinhos, só se dona Margô estivesse doida. O fato é que o cara nem sabia do gato e, mesmo dizendo que ela tinha viajado no domingo, ele devia estar ali desde a sexta, quando não encontrei minha amiga.

— Chicão, pelo que você disse, o sujeito é estrangeiro — Décio analisava.

— É, deve ser alemão, pois ele fala com o sotaque da dona Margô.

— Então, temos um alemão cuidando da casa da sua amiga.

— Alemão ele deve ser. Mas amigo não é, com certeza. E a mulher que estava com ele?

— ???

— Bem, não dava pra ficar ali, parado na porta que nem um toco de pau. Fui procurar o gato... só que ele não estava na porta dos fundos. E miou do outro lado; era como um choro de criança. Dobrei pro outro lado e nada do gato.

— Eta gato estranho!

— Bota estranho nisso, cara. Ali tudo estava estranho e, além disso, o silêncio era superesquisito. Resolvi ir embora.

Ninguém sabia o que dizer.

— O velho estava em casa e então lhe contei a situação. Ele ouviu e concordou que alguma coisa não batia certo. E falou: "Vamos almoçar e depois a gente dá um pulo até lá".

— E aí? — Tereza de novo.

— Almoçamos e fomos até a casa. A kombi vinha pelo caminho e parou perto da gente. "Focê acharr o gatas?", o bigodudo me perguntou, enquanto a mulher descia do outro lado. Bonita, usava *jeans*, e foi logo dizendo ao bigodudo: "A rapaz estarr prreocupads com o gatas de Marrgô. Muito gentil. Mas o gatas estarr assustads e é melhorr pegarr elas no amanhã. Hoje né bom pegarr elas".

— E seu Francisco? — quis saber Laura.

— Ué! O velho olhou pra mim como quem diz "papo encerrado". O que é que ele podia fazer? A dona falou qualquer coisa pro cara, olhou pra nós dois, disse tchau e entrou na casa.

— A mulher se tocou — comentou Décio.

— Vocês concordam que alguma coisa está errada?

— É, pelo que você está contando, tem alguma coisa que não está batendo bem nisso aí, amigo.

— Pô, até que enfim. Mas tem mais, gente.

— Decerto você não ficou sossegado no domingo, né, Chicão? — Tereza perguntou, curiosa como sempre.

— E podia ficar? Só que agi na moita. O velho ficou encucado com aquilo tudo e eu não ia torrar o domingo dele.

— E o que aconteceu? — Décio sempre direto.

— Fui lá pro Mamãozinho, o morro menor, e fiquei de olho na casa. Demorou um pouco, mas o bigodudo acabou saindo com dois daqueles pacotões. A mulher foi até a kombi com ele e depois seguiu para a casa. Até a hora do almoço o cara não tinha voltado; e foi só quando eu já estava chegando em casa que ele passou de volta.

— E aí?

— Bem, lá pelo final da tarde, meu pai me disse que iria conversar com um amigo dele lá na fábrica pra ver se ele ajudava a entender aquele embrulho todo, pois ele também estava achando a coisa meio complicada.

Aí o sinal marcou o fim do recreio.

* * *

Na saída, Chicão e Marcos esperaram os outros três no portão da escola.

— E aí, galera? Como vai ser?

— Chicão, estamos com dois problemas: o do fechamento do jornal e o de dona Margô — começou Décio. — Vamos resolver primeiro o do jornal. E, pra isso, vou até sua casa, pego a entrevista do seu Salatiel e levo pra Tereza. Ela faz o copidesque...

— Corrige os erros, né?

— Copidesque não é isso, Marcos. Copidesque é dar ao texto o mesmo estilo do resto das matérias do jornal, e se precisar corrigir alguma coisa, corrige-se, ora.

Marcos sabia disso desde que o pai da colega, que era jornalista, orientara a criação do jornal, passando-lhes algumas dicas jornalísticas, mas não perdia uma chance de gozar seus amigos.

— ... e amanhã — continuou Décio, como se ninguém tivesse falado nada — vamos ver o que seu Francisco conseguiu saber com o amigo dele pra então decidir o que poderemos fazer.

— Vamos mudar esta matéria pra "A voz da vizinhança" e aí só sai a opinião do seu Salatiel — simplificou Laura.

— Se a matéria ficar curta, deixem que eu encaixo um calhau pra completar a página. Tenho uma boa coleção de frases e curiosidades e ninguém vai estranhar nada — salvou Tereza.

— *O Espaço* número 3 sairá com doze páginas e fim de papo — comando de Marcos para que todos se pusessem a caminho.

— Laurita, não se esqueça de ligar pra minha velha, hem?!

— Perfeito!

* * *

Para entender melhor as aventuras de nossos amigos, aí vai um ligeiro esboço da região da escola:

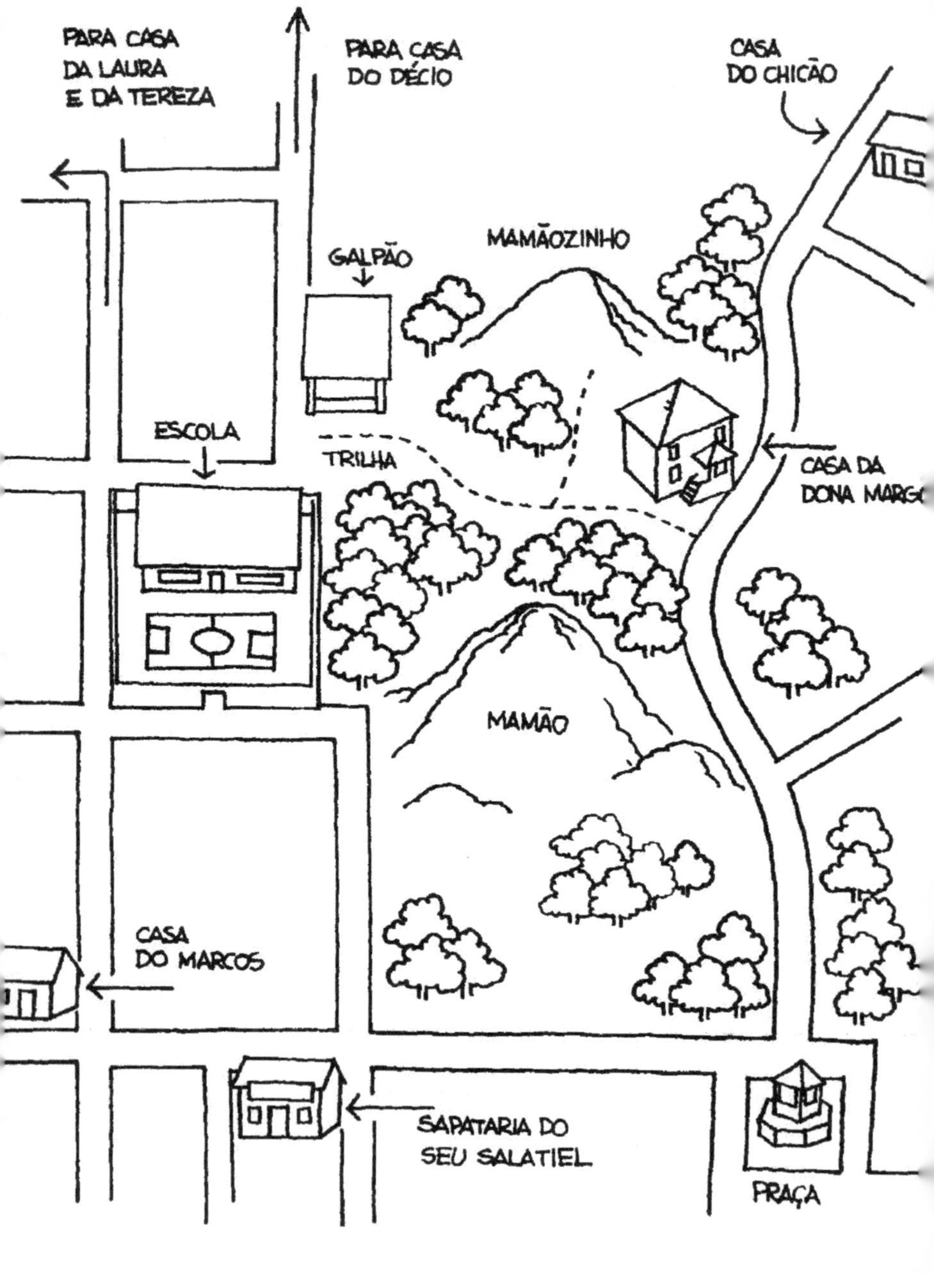
PARA CASA
DA LAURA
E DA TEREZA
PARA CASA
DO DÉCIO
CASA
DO CHICÃO
MAMÃOZINHO
GALPÃO
ESCOLA
TRILHA
CASA DA
DONA MARGO
MAMÃO
CASA
DO MARCOS
SAPATARIA DO
SEU SALATIEL
PRAÇA

Décio e Chicão pegaram o caminho que o último percorria normalmente — uma trilha — e passaram ao lado da casa de dona Margô com a atenção voltada para o silêncio que parecia cercá-la, detalhe apontado por Chicão.

— É, cara, o silêncio é de verdade — comentou Décio falando baixo.

— Vai olhando, cara. Vê como tudo está fechado. Se eles estão tomando conta da casa, não precisavam ficar trancados lá dentro — considerou Chicão, falando num sussurro.

E a casa ia sendo olhada pelos dois.

— Escuta só! Nem um passarinho nas árvores...

A observação de Chicão foi contrariada pelo motor de um carro que chegava — era a tal kombi, que entrou pelo portão ao lado da casa.

— Você viu?

— Vi uma kombi com duas pessoas, Chicão. E agora só quero ver a matéria do seu Salatiel, cara.

* * *

Na casa do amigo, Décio não teve como fugir do convite de dona Maninha e encarou um franguinho ensopado com batata que estava uma delícia, dando chance para que Chicão desse uma repassada no texto.

O "repórter" explicou algumas observações que fizera na matéria.

— Entendi tudo, deixe que Terê cuida do copidesque. Tudo em cima. Tchau, dona Maninha... este seu frango é bárbaro!

* * *

Chicão aproveitou para ir com Décio até a subida, o que era o mesmo que dizer: até a casa de dona Margô.

— Chicão, segura as pontas, cara. Espere seu pai chegar com as dicas e fique na sua, falou?!

— Legal, cara. Tô tão grilado que só mesmo esperando o velho... não sei o que fazer.

E Chicão voltou lá do início do caminho, embora estivesse louco para ficar bisbilhotando por ali.

3

A espera nervosa

— Chicão não veio! — Marcos estava preocupado.

Aliás, todos estavam preocupados, porque ninguém o vira na hora da entrada e a confirmação de Marcos liquidou com qualquer ideia de recreio naquela terça.

— Vou até a casa dele — decidiu Marcos.

— Bem, ele estava esperando uma orientação do seu Francisco... — Laura tentava organizar o raciocínio.

— É, pode ser que tenham ido à polícia e aí não deu pro Chicão nos avisar... ele não tem telefone — veio Décio em ação tranquilizadora.

— Pode ter sido uma pá de coisas, mas só indo na casa dele pra ter certeza — insistiu Marcos. — E vou agora mesmo, gente.

— E como que você vai sair? Seu Rezende está lá na porta de olho! — alertou Tereza.

— Deixa comigo, galera. Quando o Super-Marcos precisa, ele se torna invisível e pronto.

Foi assim, verdadeiramente preocupados, mas de astral superfirme, que os quatro companheiros aprovaram a ida de Marcos atrás de Chicão.

— Décio, quebra meu galho e pega meus trecos lá na sala.

* * *

Marcos saiu de fininho em direção ao banheiro; lá, ficou trancado até que o sinal anunciasse o fim do recreio.

Aí, foi moleza passar pelo basculante, e em menos de um minuto estava nos fundos da escola, no estacionamento do galpão, de onde chegou ao caminho de terra que passava entre os dois morros — o Mamão e o Mamãozinho — e ia dar na casa de Chicão.

Pegou a trilha e subiu em passo vivo. Ao iniciar a descida da picada, ouviu um assovio curto — seria um passarinho ou era Chicão? Repetiu o assovio e o mesmo veio de volta! Era Chicão, ali do lado esquerdo, a uns dez metros, acenando do meio do mato. Marcos deixou a picada e foi na direção do amigo.

— Pô, Chicão! Qualé, ô meu? — sua bronca saiu em tom moderado, ante o sinal de silêncio feito pelo amigo.

— Chega aqui, cara. Vem devagar e se abaixa.

— Já vi que você está com ideia fixa!

— Sentaí, Marcos, e vê se não enche! Senta e presta atenção que eu não tô entendendo nada.

Marcos se acomodou e percebeu que dali dava para ver uma casa, coisa de cem metros adiante, lá embaixo.

— É a tal da casa?

— Não, ali é a casa da Branca de Neve! Estou aqui desde as sete da matina, a kombi saiu às nove e até agora não voltou. A mulher está lá dentro, mas não abriu nenhuma janela, como é que pode, cara? Ficar trancada numa casa é doideira.

— Nem sei quem tá mais doido nisso. Você não foi à escola e nós ficamos preocupados.

— Não dava, Marcão. Precisava vir até aqui.

E Chicão relatou que seu pai falara com o amigo dele lá na fábrica, que também achou tudo muito estranho. Ele poderia ajudar, mas precisava de algumas informações do tipo: nome todo de dona Margô, placa da tal kombi, endereço dali e mais qualquer coisa que se conseguisse.

— Ontem mesmo à noite fui na mercearia do Chinês e descobri que o nome dela é Margot Schneider Heuss e que ela paga suas compras com cheques do Banco do Brasil ali da praça. Só falta a placa da kombi, que eu pensei em descobrir nesta manhã. Só que tinha a droga de um latão atrapalhando e não deu pra ver a placa lá da rua. Não sabia o que fazer, então vim pra cá... e foi quando a kombi saiu...

— Pô, que azar, cara.

— E não é?! Então, vou ficar aqui até que a danada volte e aí desço pra descolar a tal da placa.

* * *

Os outros três companheiros estavam na escola desligados de tudo, apenas sentados em suas carteiras, mas com a alma ali ao lado dos dois vigilantes, sem ver nem ouvir nada que estivesse sendo dito pelos professores.

* * *

— Já são onze horas e até agora não vi nada que preste.

— Mas nadinha, cara?

— Bem, a mulher abriu a janela daquele canto ali, no andar de cima, e uma meia hora depois fechou. Foi a única coisa que aconteceu.

— É, esse negócio de vigiar é broca, cara.

Uns quinze minutos de silêncio.

— Chicão...

— Fala!

— Acho melhor a gente descer daqui, pois quando a kombi voltar não vamos ver a placa desta distância.

— É, mas lá embaixo o bigodudo vai ver a gente.

— Peraí, Chicão... Tá me achando com cara de zé-mané?! Vamos ficar meio perto da casa e, quando pintar barulho, faço de conta que estou saindo do mato, passando na hora, qualquer coisa que dê chance de ver a kombi na hora que ele estiver chegando ao portão da casa.

Chicão deu uma boa olhada lá embaixo, na rua.

— É, isso pode funcionar... Vamos lá.

Chegando lá embaixo, nossos amigos foram em direção da casa de Chicão, mas, tão logo saíram do alcance visual da casa, entraram no mato à beira da estrada, voltando sob aquela proteção até ficarem bem diante do portãozinho.

Marcos apurou os ouvidos: de fato, nenhum barulho, nem de canto de passarinhos, o que, se era estranho, também foi muito conveniente, pois eles ouviram o barulho de uma kombi bem antes de sua passagem.

— É uma kombi!

E era. Só que passou direto. Não era "a" kombi.

Mais um tempo e...

— Uma kombi!

E esta era "a" kombi. Veio e parou diante do portão fechado.

Marcos teve todo o tempo do mundo para anotar: SP-São Paulo SPO 4971. Kombi creme-claro, com antena de rádio e bagageiro em cima.

* * *

Chicão, que ficara mais no fundo, saiu pela retaguarda e levou alguns minutos para alcançar o companheiro, que caminhava pela rua, na maior tranquilidade deste mundo.

— E agora, cara? SPO 4971, de Sampa. O que vamos fazer com isso?

— Vamos passar isso pro velho, lá na fábrica. Vamos depressa que já são onze e vinte e só tem orelhão bem lá na frente.

O orelhão da esquina da rua de Chicão estava livre, e, em

coisa de cinco minutos e duas fichas, as informações foram passadas para seu Francisco. Ato contínuo, foram para a casa de Chicão.

* * *

Dona Maninha não estava em casa, por conta do que, quando Décio chegou, Chicão estava improvisando um rango para os três, num supermexidinho carregado no ovo.

Informações atualizadas enquanto comiam, Décio até se arrependeu de haver pensado mal da comida de Chicão: — Cara, você é melhor cozinheiro do que repórter!

Chicão não entrou na dele e perguntou pelo jornal.

— Cara, nós vamos atrasar o jornal.

— Pô, desta vez eu não tive culpa, fiz o que deu pra fazer, ora.

— Qualé, Chicão! Ninguém está com cabeça pra cuidar do jornal. De repente a gente solta uma droga, marca uma bobeira qualquer. Vamos deixar passar o final de semana e na segunda rodaremos o jornal.

Comida no papo, pé no caminho... e lá estavam os três observando a casa. O sossego foi quebrado pela chegada da kombi e o descarregamento das compras de supermercado.

— Parece que os caras estão reforçando a despensa.

— Pô, pra duas pessoas eles comem pacas.

E nada mais aconteceu, o que levou nossos amigos a abandonarem a vigilância por volta das cinco da tarde.

Marcos e Décio subiram pela rua, e Chicão seguiu para sua casa.

* * *

Quando chegaram no alto do caminho, Décio deu mais uma olhada para a casa.

— Marcos, aquela janela do canto estava aberta?

Marcos parou para ver melhor e até percebeu que alguém estava ali.

— O Chicão disse que, pela manhã, ela foi aberta por algum tempo. Mas não falou de ter visto alguém ali. E agora tem uma pessoa na janela, tá vendo?

— É, deve ser a tal da mulher... simbora, que daqui a pouco escurece.

— É isso aí.

* * *

Seu Francisco sabia que Chicão estaria esperando por ele e pelas novidades, talvez até com outras para lhe contar. Foi entrando e não enrolou o filho:

— Passei tudo para o Moreira, filho.

— E aí, pai?!

— O Moreira é da Segurança lá da fábrica, tem uns amigos na polícia, mas não é mágico. Só vamos ter notícias amanhã. E do seu lado, o que aconteceu?

Chicão relatou o seu dia, sem esconder sua falta às aulas. Dona Maninha, que já estava sabendo de tudo, ouviu a conversa dos dois com muita atenção.

— É, filho, essa história é muito esquisita, sem a menor dúvida. Só que nós não podemos fazer nada. O Moreira tem esperança de conseguir alguma pista pela placa da kombi. Quem sabe se por aí dá para descobrir essa confusão toda?

— Meu filho — interveio dona Maninha —, acho que você fez o que devia. Principalmente por ter contado para o seu pai. Mas, agora, vamos esperar a orientação do seu Moreira, pois ele sabe o que se pode e deve fazer nesses casos. E nada de faltar à escola amanhã, combinado?

* * *

Marcos seguiu em frente para sua casa.

Décio passou pela casa de Laura para levar as últimas do caso.

— Que situação mais complicada, Décio!

— E a gente começou bronqueando com o Chicão, coitado.

— Se você e Marcos não tivessem ido lá, Chicão que me desculpe, mas eu não ia levar aquela história a sério. Décio...

— Que foi?

— Acho que ainda não é hora de contar pro meu pai...

— Também acho. Afinal, nós não sabemos nada, além das suspeitas do Chicão. Quando o tal do Moreira der a sua opinião, aí sim a coisa pode virar... Lá em casa, nem pensar em falar... a mãe, com aquela cabecinha dela, pode ter um treco, e o velho me esfola. Tchau, gata, vou me mandar que está de bom tamanho.

— Tchau. A gente se fala amanhã. Agora vou contar pra Terê que deve estar supercuriosa.

— Boa ideia, tchau mesmo.

4

Panos aos ventos

Quarta-feira, sete horas, os cinco no pátio da escola.

Saudações aqui e ali, dirigiram-se para "o canto da turma", onde Chicão passou as notícias trazidas por seu pai. Sem novidades, entenderam que a rotina seguia seu curso.

Na hora do recreio, dona Gilda os chamou à sua sala.

— Ela vai cobrar o jornal! — sentenciou Laura.

— Gente, joga pra mim — falou Chicão. — É só dizer que falta entrevistar duas pessoas sobre o que elas acham da escola e aí é barra limpíssima.

— É, acho melhor ir por aí. E a gente pode marcar pra rodar o jornal na segunda.

— Tudo em cima!

Dona Gilda aceitou as explicações numa boa e aquela quarta-feira seguiu na maior tranquilidade.

* * *

Saída, os cinco na porta. O papo era de pura enrolação, ninguém queria se mandar. Os outros passavam e eles ali, firmes.

— Ei, Laura, que mochilão é esse aí? — curiosidade de Marcos.

— É um lanchinho reforçado.

— Igual ao meu — incluiu-se Tereza.

— Olhaí, galera, as moças estão em regime de engorda — ironizou Décio.

— Pode até ser... mas é que, pra ficar de vigia, só com uns sandubas pra mastigar, né, Terê?

O primeiro a se tocar com a situação foi o calado Chicão:

— Vem cá, vocês não estão pensando em...

— Claro que sim!

— Hoje nós vamos dar uma vigiada na casa de dona Margô — confirmou Tereza.

Décio reagiu no ato, dizendo que aquilo não era brincadeira, etc. e coisa e tal... Marcos fez um discurso sobre o absurdo da ideia... e isso e aquilo, até que Chicão deu um basta:

— Pombas, vocês dois tão pirados, é? Só falta arranjar um alto-falante pra anunciar pro bairro este plá todo. Se elas tão a fim de ir, vamos, pô. Corta essa de que isso é coisa pra homem, aquilo é pra mulher. Tamos todos no mesmo barco, certo?

Os outros caíram na real e foram para o lado da escola, aquele que dava para o galpão.

— Se vocês querem ir, pra mim tudo bem. É só seguir as regras da vigia — começou Chicão. — A mãe foi na casa da tia, pra mim tá liberado.

— Laura, isso aqui não é um passeio. A gente nem sabe mesmo o que é ou o que pode ser. — Décio continuava preocupado.

— Tá certo, obrigada pela preocupação com a gente. Mas nós duas não estamos aqui pra brincar. E nem eu nem Tereza vamos dar uma de heroínas. Mas que vamos lá dar uma olhada, lá isso vamos... só que nós duas achamos que se pode olhar e comer uns sanduíches, sem grilos.

— Olha aqui...

— Olhaqui você, Marcos — Terê entrou firme. — Estamos

nisso juntos, não estamos? Não vamos invadir a casa, nem encarar ninguém. Mas que vamos dar uma olhadela lá, pode crer que vamos. Vamos fazer o mesmo que vocês fizeram, tá?!

— Mas, Laura, e sua mãe?

— Se eu e Terê trouxemos estes lanches é porque explicamos que íamos ficar na escola, fechando o jornal. Por isso, gente fina, nós estamos com a barra limpa até as seis, falou?

— Bem, é...

— É isso aí, turma do Bolinha. É melhor irmos andando pra não perder tempo na vigia, correto?

E foi dessa maneira que os cinco tomaram o caminho da trilha, com Décio e Marcos tendo de ir até o orelhão para avisar em suas casas que iriam ficar na escola por causa do jornal.

Chicão foi o guia e, quando chegaram ao alto da picada, mostrou onde estava a casa, antes de entrarem no mato para atingirem o local da vigilância.

Dito, aceito e feito.

* * *

As mochilas supriram os vigilantes de sanduíches de queijo e suco de laranja durante "a missão", e eles falavam tão baixo como se estivessem dentro da casa de dona Margô.

Vale ressaltar que Laura e Tereza se comportaram no melhor estilo dos espiões amadores.

Lá pelas tantas, uma ideia:

— Chicão, o que que você acha de dar uma chegada na sua casa?

— Pra quê, dona Laura?

— Pode ter alguma notícia do seu pai, não pode?

— Duvido muito, mas... — e Chicão parou por ali, pois passar na frente da casa seria uma boa, e, estando com as meninas, melhor ainda para disfarçar.

— É, Chicão, a ideia não é uma furada — opinião de Décio.

— Pra disfarçar melhor, vamos com você, Chicão.

— Boa ideia, Terê. Eu e Marcos ficamos aqui.

No fundo Chicão achava que aquilo era pura perda de

tempo, mas, como todos concordaram, entrou na da turma. E lá se foi com Terê e Laura morro abaixo.

* * *

Quando passaram em frente à casa, Terê chamou a atenção dos dois para os sacos de lixo: — Gente, que lixão!

Chicão nunca se tocara daquilo, não podia dizer se já tinham colocado tanto lixo como aquele: eram dois sacos grandes, enormes, pretos, encostados na cerca da casa.

Sem mais nada para comentar, acabaram chegando em casa.

Dona Maninha voltara mais cedo, para surpresa de Chicão, e, se estranhou a companhia das meninas, ficou na dela.

— Mãe, esta é a Terê e esta, a Laura.

— Prazer, minhas filhas. Vocês são do jornal, não é?

E a conversa rolou tranquila, com as duas pedindo à mãe de Chicão para irem ao banheiro. Só aí é que Chicão compreendeu que as duas queriam mais ir ao banheiro do que saber notícias de seu Francisco. "É, mulher é mais delicada do que a gente... e é bom que seja assim", filosofou silenciosamente.

— Mãe, tem alguma notícia do pai? — perguntou quando as meninas voltaram.

— Não, meu filho. Era para ter?

— É que me deu um palpite de que ele podia ter dado um alô para a senhora.

Mas dar um alô, como? Dona Maninha viu que Chicão estava sem assunto.

— Esquece, mãe. Vamos voltar lá pra escola pra fechar o jornal.

— Ei, cara! E o livro que você veio pegar?

— Livro?! Ah! É mesmo, Terê. E não é que eu ia esquecendo...

Chicão foi ao seu quarto, deixou a mochila e veio com um livro de aventuras na mão.

— Tudo em cima. Tchau, mãe.

— Quer dizer que você vai estar na escola? E nem vão almoçar? — Dona Maninha tinha um sexto sentido fora de série.

— É, dona Maninha, trouxemos um lanche reforçadinho e vamos ficar lá até pelas cinco horas.

— Então, tudo bem. Foi um prazer, minhas filhas. Voltem um dia com mais calma.

— Tchau, mãe.

— Tchau, gente.

Uma pequena mentira que Chicão sabia que não colara com sua mãe.

* * *

— Cara, você ia dando um bandeirão...

— Não disse que não precisava vir? Vocês fazem tanta zoeira que me enrolo todo!

Quando a casa de dona Margô apareceu na curva da rua, viram um carro preto parado na porta. E, no mesmo instante, um casal saía e entrava no carro, seguido pelos alemães. A mulher ia na frente carregando com muito cuidado um dos tais pacotões.

Chicão interpretou tudo rapidinho para as duas e, automaticamente, reduziram o passo.

O carro saiu devagar e passou por eles, e quando voltaram a olhar para a casa, a dupla não estava mais à porta.

— A mulher estava carregando o tal pacote.

— Fiquei de olho no cara, sujeito vermelhão...

— Também vi o pacote cinza, Terê.

Passaram pela casa e pegaram o caminho. Sem que sentissem, subiram quase que correndo e, por isso, chegaram ao local da vigilância meio mortos, a alma saindo pela boca.

Chicão explicou que seu Francisco não dera notícias, e Terê contou sobre o carro preto, o casal e o pacotão.

— Daqui deu pra ver o carro chegar e os dois entrarem na casa — confirmou Marcos. — Também vimos quando eles saíram com o pacotão...

— Eles carregam esses pacotes com um cuidado danado. — Décio não entendia a razão de tanto cuidado.

— Gente, isso aí não é coisa de tóxico, pois os pacotes são muito grandes — raciocinou Marcos. — Mas pode ser um embrulhão de obra de arte roubada...

— É, pode ser — assentiu a bem-informada Terê. — Outro dia li qualquer coisa sobre roubos em igrejas antigas.

— Mas, Terê, pela quantidade de pacotões, eles teriam roubado um monte de igrejas — considerou Laura.

— Os caras podem ser receptadores, e aqui é o ponto de distribuição da muamba.

— Taí, Chicão, você pode estar certo...

— Vê só, Décio: gringo é fissurado em treco brasileiro; aí, esses dois deram um sumiço em dona Margô e fizeram da casa da velha um depósito de bagulhos. O bigodudo traz as peças, a mulher limpa os troços e depois ele vai fazer as entregas.

— Dessa vez os compradores tiveram de vir buscar a mercadoria — concluiu Décio. — Chegaram e saíram bem rapidinho.

— Isso é possível — disse Tereza.

— Quando o carrão saiu, aí é que vimos vocês lá embaixo — acrescentou Marcos —, e acho que os dois também viram vocês, pois entraram na casa rapidinho.

— Gente, olha ali!

Ao alerta de Décio, todos viram o homem abrir o portão, colocar uns sacos pretos na parte de trás da kombi e sair. A mulher saiu, fechou o portão e ficou ali fumando um cigarro. Estava de *jeans*, com uma blusa amarela de mangas compridas.

Num dado momento, ela se voltou e entrou na casa.

Silêncio de novo.

— Acho que desse mato não sai mais nenhum coelho — comentou Marcos, dando uma boa espreguiçada.

— Ó lá, ó lá! — interrompeu Tereza superexcitada.

— A janela do segundo andar...

A janela do segundo andar se abrira lentamente, e cinco pares de olhos se fixaram nela, como que ajudando quem estivesse fazendo aquilo.

— ...

— Tem gente lá! — sussurrou Laura.

E havia alguém perto da janela; parecia estar sentado numa cadeira, alguém vestido de branco... a impressão, naquela distância, era de uma pessoa tentando chegar à janela.

— Chega logo aí, dona Margô! — era como uma prece de Chicão, rezada entre os dentes.

Lá em cima, dez olhos grudados na janela; lá na casa, o vulto tentava ocupar o buraco escuro da tal janela.

Ninguém poderia dizer quanto tempo aquilo durou, mas, subitamente, a janela foi fechada e só deu para perceber que um braço de amarelo fora o autor da façanha.

— Foi a dona, foi ela! — Laura não tinha dúvida de que fora a tal alemã quem fechara a janela.

E nada mais aconteceu.

Agora não existiam mais dúvidas: alguém estava naquele quarto.

— São cinco horas, gente — anunciou Décio.

Ninguém pensava em sair dali, mas todos concordaram que era hora de irem para suas casas. Decisão dura, pois tinham visto coisas que julgaram significativas, mesmo que não soubessem exatamente o que significavam.

Pegaram a tralha toda e refizeram o percurso até a trilha.

— Pena que você não tem telefone, Chicão — lamentou-se Laura.

— Bem, se o velho trouxer alguma bomba, ligo do orelhão.

— Temos de ter cuidado para não apavorar os velhos — lembrou Marcos. — Isso tudo tá um rolo danado, muito maluco ainda pra gente poder explicar pra eles.

Marcos estava certo.

* * *

Chicão caminhava pensando naquele vulto perto da janela — ele sabia que era dona Margô. Tinha de ser.

E aí teve uma ideia meio doidona: eles estavam vigiando a casa lá do Mamãozinho, de onde só podiam ver os fundos e um pouco do lado direito do terreno, mas ainda não tinham observado a casa do lado esquerdo. A carreira de árvores que ficava rente à rua era um convite para dar uma boa olhada na parte desconhecida até ali.

Entre pensar e agir, foi uma fração de segundo, e lá estava Chicão entrando pelas árvores, o que foi feito com cautela, olhos e ouvidos os mais atentos que podia.

Chegou bem do ladinho da casa, coisa de vinte metros, se muito; deitou-se, protegido por uma árvore, dominando todo o lado esquerdo da casa e parte dos fundos.

Viu a alemã passar próxima à janela do corredor, que levava à cozinha, e ela fez isso uma porção de vezes, num estranho ir e vir.

Começava a escurecer e a luz da cozinha se acendeu.

Chicão firme.

A luz da pequena varanda dos fundos foi acesa!

A porta dos fundos foi aberta!

A mulher passou pela porta e colocou um monte de roupas na máquina de lavar de dona Margô.

Quantas vezes ficara ali com ela, batendo altos papos enquanto o motorzinho da máquina ia cumprindo seu trabalho das manhãs de sábado — era quando dona Margô preferia lavar roupa.

Enquanto a roupa ia sendo sacudida, a mulher foi para a cozinha, acompanhada pelo atento olhar de Chicão, através da janela — pelos seus movimentos, devia estar fazendo comida, embora ele não pudesse ter certeza disso; mas esta era a sensação que seus movimentos lhe transmitiam.

Ela saiu, foi até a máquina, que já cumprira sua parte, e dali retirou a roupa lavada. Em seguida, caminhou até o varal, onde começou a pendurar os lençóis recém-lavados — lençóis?!

Sim, eram lençóis brancos, pelo menos era o que pareciam a Chicão. Não dava para precisar, mas pelo menos ali estavam uns seis... meia dúzia de lençóis dançava nos fundos da casa ao sabor do ventinho noturno.

O silêncio foi cortado pelo barulho do motor de uma kombi. A mulher voltou para a casa, fechou a porta, a luz da cozinha foi apagada e a da sala, acesa.

Pelos sons, a kombi entrara e parara do outro lado.

Só então Chicão se deu conta de que o tempo passara. E como parecia que não ia acontecer mais nada, era hora de ir para casa. Seu pai já chegara ou estava perto de chegar.

E lá se foi ele, saindo com o mesmo cuidado com que entrara, matutando sobre aqueles lençóis.

* * *

— Rapaz, você demorou hoje...

— E aí, pai?! Seu amigo descobriu alguma coisa?

Dona Maninha nem comentou sobre as roupas sujas de Chicão, que tinham ainda algumas folhas grudadas nas pernas. A hora era nervosa e ela queria participar também.

— O Moreira conseguiu alguma coisa: a kombi é de uma locadora; dona Margô é alemã e, segundo a embaixada da Alemanha, vive da pensão do marido já falecido, pensão que vem todos os meses; está no Brasil há dezesseis anos; tem conta no Banco do Brasil ali da pracinha e um bom saldo na poupança. Por enquanto, é isso o que temos.

Foi a vez de Chicão fazer o relato do seu dia.

E foi até o clímax dos lençóis.

— Lençóis?! — estranhou seu Francisco. — Só lençóis? E lavados à noite? É, tem doido pra tudo. E vocês viram a placa do tal carro preto?

O jovem quis morrer... Não é que ele nem se tocara desse detalhe?

— Tudo bem, filho. Deixa pra lá.

— Que mancada, pô. E agora?

— Bem, amanhã o Moreira vai saber quem alugou a tal kombi e aí decidir sobre o que pode ser feito. Ele tem um amigo no Banco do Brasil e vai ver se dá para chamar dona Margô para ir à agência.

— Essa é uma boa, velho! É uma boa maneira pra gente ver se ela está em casa ou não.

— Como ela não tem telefone, vai ser preciso conseguir que o gerente mande alguém lá na casa dela, porque se for para esperar que ela receba uma cartinha do banco, como é o normal, vai demorar muito.

— Esse Moreira é fera!

— Bem, acho que é só isso.

Chicão achava que não era só aquilo: — Pai, não dá pra telefonar pro Moreira e contar o caso do carro e dos lençóis?

Seu Francisco ia discordar, pois carro sem placa não é coisa nenhuma, quando a campainha anunciou alguém à porta.

— Ué, quem será a estas horas? — E dona Maninha foi atender o visitante.

— Oi, minha filha, como vai?

— Desculpe incomodar — e a voz de Tereza entrou na sala —, mas o Chicão está?

— Tô aqui, Terê, pode entrar!

— Boa noite, seu Francisco. Chicão, esqueci de lhe dar a placa do carro.

— Do carro?! — Chicão levou um susto.

— O senhor não quer entrar? — dona Maninha falava com alguém lá na porta.

— Ih, gente, desculpem. Esse é Marcelo, meu irmão.

Chicão estava sem qualquer reação. Meu Deus, qual foi o rolo que Tereza arrumou desta vez?

— Quando cheguei em casa é que me lembrei disso — Tereza falava sem parar —, e aí tinha de vir até aqui.

— Pois é, Chicão, o carro que amassou sua bicicleta na hora da saída.

— Bicicleta... Ah!, minha bicicleta!

— É. Aquele carro preto, grande. Na hora fiquei tão nervosa que acabei esquecendo de falar. Olha, a placa é XIT 4457, foi o que deu pra anotar. O carro é um Logus, só não peguei de onde era a placa.

— Minha filha, você é uma grande detetive — salvou seu Francisco, que estava percebendo a vivacidade de Tereza. — Estou cansado de dizer ao Chicão que nessas horas não adianta ficar nervoso nem querer brigar, é só anotar a placa de quem fez o estrago e depois a gente vê o que se pode fazer.

Chicão começou a entender a situação e dona Maninha, esperta que só ela, anunciou um cafezinho... "O cafezinho é o grande salvador da pátria", pensou Chicão.

— Pô, Terê. Legal. O velho até me deu uma gozada pela minha bobeira.

— Fico feliz que Terê tenha conseguido anotar a placa — entrou Marcelo. — Quando ela chegou em casa e se lembrou disso, ficou tão agoniada, que resolvi vir com ela até aqui.

Marcelo parecia satisfeito com aquele desfecho, mesmo que continuasse achando que sua irmãzinha poderia ter esperado o dia seguinte para fornecer a tal placa ao seu amigo, mas... frescurinhas de irmã caçula sempre sobram para o irmão mais velho.

Seu Francisco, o gênio da simplicidade, engatou um papo sobre os perigos das ruas, falou da grande aventura de ir e vir da escola ou do trabalho, e o fez com tanta tranquilidade, que ganhou Marcelo.

Quando filho e pai jogam no mesmo time, quem é que consegue vencer tal dupla?

Uns vinte minutos depois, Terê e Marcelo se foram, depois dos boas-noites e até amanhã.

* * *

— Velho, você foi bárbaro! Superfera!

— Ora, convenhamos, senhor Chicão. Você não tem bicicleta, a placa só podia ser do carro misterioso, e sua colega não quer contar isso para a família dela. Não me ache com pinta de panaca, filho! Agora, vamos ligar para o Moreira que nós temos assunto pra ele.

E lá se foram em direção ao orelhão.

— Mesmo sem saber de onde é o carro, estes números podem dar alguma pista.

5

A cabeça branca na janela

Chicão foi o último a chegar à escola na quinta-feira: quinze para as sete cravados.

— Aí, cara. Seu pai foi genial ontem com a Terê! — saudações de Laura.

— Sabe, Chicão, quando vi seu pai ali na sala, tive medo de que ele não segurasse a história, pois ele não me conhecia e bem podia me achar pirada! Aí, já entrei dando boa-noite e engatei a falação para não dar tempo de ninguém falar mais nada.

— O velho achou você um barato, Terê.

E lá, no ponto costumeiro onde os cinco sempre se reuniam, Chicão passou para o grupo todas as novidades trazidas por seu pai.

— ... e com a placa anotada por Terê, o Moreira acha que talvez a gente leve sorte e ele consiga descobrir alguma coisa.

— Vamos torcer, gente, vamos torcer — apelou Décio.

Foi aí que Chicão contou a história dos lençóis.

— Lençóis? Que coisa mais estranha... E se a dona faz isso à noite é pra que ninguém possa ver — refletiu Laura.

— Taí, eu não tinha pensado nisso... — Chicão estava surpreso com essa descoberta.

— A hora boa para se lavar roupa é pela manhã, em que se aproveita o sol para secar. O vento da noite também seca, mas o sol é mais saudável e ajuda a clarear a roupa.

— Taí, Laurita, não sabia que você entendia tanto de lavação de roupa.

— Não enche, Marcos.

E o papo rolou mais um pouco, ficando acertado que Marcos iria fazer a vigilância com Chicão logo depois da aula.

Na hora do recreio, Chicão se lembrou que fora no finalzinho da tarde que acontecera a dança dos lençóis e teve uma ideia:

— Por que vocês não chegam lá pelas cinco? — E explicou o motivo da alteração do horário.

Décio topou a proposta e também ficou de ir: — A gente se encontra lá no posto de vigilância e vamos pro lugar onde você viu os tais lençóis.

— Vocês até podiam ir dormir lá em casa. O velho deve ter novidades e, se vocês dormirem lá, tudo fica mais fácil... dando um jeitinho no meu quarto, fica maneiro.

Tal convite era igualzinho a oferecer açúcar para formiga.

* * *

Na saída, Chicão se lembrou que sua mãe lhe pedira para pegar uma sandália no seu Salatiel; assim, em lugar de encarar a picada, foi até a sapataria. Mas deu de cara com as portas fechadas.

— Ué — pensou —, seu Salatiel tá ficando importante... Ele não fecha pro almoço...

* * *

Quando Décio e Marcos chegaram ao Mamãozinho, Chicão já estava lá e não perderam tempo na mudança para as árvores do outro lado, caminhada feita em silêncio.

Com muito cuidado chegaram até bem pertinho da casa e se arrumaram para ver a "operação lençóis".

Ali, ficar de olho na casa não era tão confortável como lá no Mamãozinho: tinham de permanecer deitados, o que cansava o pescoço, e só podiam falar na base do cochicho. Os dois colegas usaram suas mochilas como apoio para facilitar a observação.

Décio conferiu no relógio: eram cinco e quarenta quando se instalaram. Quinze minutos depois, o silêncio foi interrompido pelo motor da kombi, vindo do outro lado, e eles ainda viram quando ela passou pela rua, saindo da casa.

— Parece que o bigodudo está atrasado hoje — murmurou Chicão. A luz da varandinha de trás foi acesa. — Agora é a hora da lavagem da roupa — informou para os outros dois.

E a mulher, como se estivesse obedecendo aos comandos de Chicão, abriu a porta e veio com um monte de roupas.

— Eu não disse? — Chicão havia estabelecido uma das rotinas do estranho casal e dava para perceber um certo tom de orgulho naquela sua pergunta, ainda que feita num fiozinho de voz.

Coisa de vinte ou trinta minutos depois, a mulher voltou até a máquina e começou a retirar as roupas dali: e os lençóis foram se balançar no varal dos fundos da casa, bandeiras que esvoaçavam como que saudando nossos "olheiros".

— Se não forem lençóis, podem ser toalhas de mesa. — opinião de Marcos.

— Ora, e não é que poderiam ser toalhas de mesa? — concordou Chicão.

A alemã, concluída sua tarefa, voltou para o interior da casa, a luz dos fundos foi desligada e a luz da cozinha sinalizava que ela agora estava ali.

— Vocês aguentam aqui que eu vou dar uma olhada mais ali no fundo.

Nem Décio nem Marcos tiveram tempo para dizer qualquer coisa: Chicão falou quando já estava engatinhando para a sua direita, em direção aos fundos.

— Ê, cara! E agora? — Marcos quase que falou alto pela surpresa que o atropelou com aquela tirada de Chicão.

— Agora, cara, é aguentar as pontas, pô! Chicão é... é... barra!

(Na verdade, não foi bem isso que Décio falou para o parceiro.)

* * *

Engatinhando como uma minhoca de desenho animado, Chicão ia se embrenhando em direção aos fundos da casa. Tinha de ver se aqueles panos eram lençóis ou toalhas de mesa.

Sem saber bem o porquê daquilo, o caso é que cismou que era importante ter certeza sobre aqueles panos brancos. Por que ele achara que eram lençóis? Pombas, podiam ser toalhas de mesa, claro que podiam.

Aliás, nem fazia sentido serem lençóis. Dona Margô só tinha duas camas em sua casa! Aqueles dois que estavam na casa deviam ser uns belos porcalhões, pois lavavam aquela rouparia todos os dias.

Pensando a mil e avançando a quase zero, de repente sua mão entrou num vazio e ele beijou a terra, de verdade. Não uma terra grossa, dura, pegajosa, mas uma terra farinhenta.

No mesmo instante, a porta dos fundos se abriu e a luz da tal varandinha foi acesa.

Décio e Marcos, que não sabiam onde Chicão poderia estar, se assustaram e acompanharam a caminhada da mulher até o varal, levando mais dois lençóis (ou duas toalhas). Viram a cena a cerca de vinte e poucos metros de distância.

E Chicão?

Enfiado naquele buraco, esticou-se todo até ver as pernas da mulher bem na sua frente, cinco metros no máximo. Só viu as pernas, pois o lençol-toalha cobria o resto do seu corpo. Mas distinguiu bem o *jeans* e o par de tênis.

Assustado?

A-p-a-v-o-r-a-d-o, seria bem melhor. Congelado, mumificado ou lá o que fosse, mas paralisado, com certeza. Como uma estátua de bronze, sem respirar... e insensível, iria descobrir logo depois.

Como chegaram, as pernas se foram, dando a volta e regressando à casa, onde a luz foi apagada e a porta fechada.

Chicão ia dar uma bela respirada, quando se deu conta daquela terra farinhenta. Aquela terra estava se mexendo, os grãozinhos de farinha estavam andando...

Fisicamente estático, Chicão era um vulcão mental, e sua conclusão sobre aquela terra lhe pareceu a explosão de mil foguetes: seu braço entrara num vazio exatamente porque ele o enfiara num baita formigueiro! E a terra lhe parecera farinha, por conta do trabalho incessante de incansáveis formiguinhas.

Formigas!!! O pulo que nosso amigo deu foi coisa para circo russo nenhum botar defeito; e, consideradas as circunstâncias, não adiantaria perguntar-lhe como realizara tal proeza, pois, sem a menor dúvida, aquilo fora um reflexo sobre o qual Chicão não tivera o menor controle. Pulou espetacularmente e ponto final.

Um pulo em silêncio: abrir a boca era algo que não tinha a menor intenção de fazer, pois sentia mil formigas andando por suas saudáveis bochechas. Assim, aquele pulo, em lugar de ser ponto final, foi o ponto inicial para outros saltos incríveis, como se ele fosse um boneco de mola. Chicão se esbofeteou várias vezes para se livrar das formigas e, numa situação tão crítica, acabou fazendo um razoável barulho.

Marcos e Décio ouviram a barulheira, mas não conseguiam ver nada, o que só servia para aumentar o nervosismo deles.

Por sorte, aqueles saltos agoniados levaram o infeliz na direção do Mamãozinho, bem em direção a uma bela touceira de capim, onde ele mergulhou por conta de um supertropeção.

A súbita claridade lançada pela lâmpada da varandinha foi um alerta que o fez manter-se imóvel ali no capim.

Décio e Marcos também se assustaram com a luz e aproveitaram a claridade para tentar saber o que estava acontecendo com o amigo. Mas, nada. Viram a alemã examinar com atenção aquela parte do terreno.

Chicão, enfiado naquela touceira, não a viu, mas sabia que ela devia estar por ali. Deitado de costas, barriga para cima, espantava as formigas que se espalhavam por seu braço.

E aí, o choque dos choques, o mundo desabou sobre ele: a janela do canto do andar de cima estava aberta e lá, no quadrado mais escuro em meio à escuridão restante, ele divisou o tal vulto que permanecia de branco.

Bem, ele deduziu que seria um vulto, mas o que viu, na verdade, foi a cabeça de uma pessoa, alguém de cabelos brancos, cortados curtos. "Dona Margô!!!", teria gritado Chicão, se pudesse gritar e se tivesse realmente certeza do que estava vendo.

Porém, deitado ali no mato, tentando se livrar das formigas, sem poder abrir a boca com medo de que as malditas entrassem por ali, superpreocupado em fazer o menor barulho possível, não estava em condições de ter certeza de nada, mesmo que tivesse visto aquela cabeça que lhe era tão familiar ali em cima, a cerca de dez metros.

Como estava deitado, viu o que viu de cabeça para baixo, situação que só servia para reduzir suas certezas.

Quando a luz dos fundos foi apagada, ele não perdeu tempo para sair daquela posição desconfortável, e, sem parar de "se escovar", olhou de novo para a tal janela — e só viu o quadrado preto, nenhum vulto ali.

— Meu Deus! Será que estou sonhando ou já pirei de vez?

* * *

Seus amigos sentiram que ele estava de volta antes mesmo de verem o seu vulto e entenderam seus gestos como "vamosimbora". O que fizeram, com a mesma cautela com que haviam vindo até ali, carregando suas mochilas. Na estrada, sacudindo as folhas das roupas, é que se deram conta de que Chicão se sacudia mais do que eles... e bota mais naquilo!

Ele estava tirando a camisa e parecia estar executando algum tipo de "dança para chamar chuva"!

— Qualé, Chicão?

— Formiga, pô! Formiga! — um anúncio feito de boca meio fechada, seguido de uma corrida das mais estranhas do mundo: uma corridinha, uma espanação, nova corridinha, isso tudo com os movimentos mais desengonçados deste planeta.

* * *

Já atendido por dona Maninha, Chicão era um arraso total, parecia até haver saído de uma luta de boxe com o Maguila, todo amarrotado, rosto inchado, a mão direita mais parecendo a de um gigante, cada dedo uma batoca só, todos parecendo dedões do pé.

Décio e Marcos não podiam olhar para o pobre coitado que começavam a rir, sendo inútil o esforço que ambos faziam para ficarem sérios. Mas que ele estava muito engraçado, sem dúvida que estava.

O que salvou a situação foi a chegada de seu Francisco, sem o que, mais um pouquinho, o "inchado" iria saltar em cima da dupla.

* * *

Claro que ele também se assustou ao ver o estado do filho e quis saber o que acontecera. Diante dos fatos, sua reação foi igual à dos colegas, não deu para segurar o riso: Chicão estava ridiculamente inchado.

"Podem rir", pensava Chicão mordido de raiva. "Mas eu vi dona Margô!", segredo que só contaria na hora certa.

Isso prendeu seu Francisco na poltrona, e as novidades vieram logo:

• a kombi fora alugada por um casal de alemães: Hermann Fritzholt e Grette Kholm, mas, no endereço registrado pela locadora, ninguém os conhecia;

• o tal do Hermann pagava o aluguel adiantado, semanalmente, deixando para acertar a quilometragem rodada na semana seguinte, o que o tornava um excelente cliente;

• pagava certinho, em dólares, e a funcionária da loja do aeroporto se lembrava muito bem dele: um homem grande, muito gentil, sempre de bom humor e carequinha, um "cabeça de ovo" que usava elegantes óculos escuros.

— Esse aí não é o bigodudo!

— Moreira acha que é, só que ele deve estar usando um disfarce, um bigode postiço, uma peruca, coisas assim.

— Aí tem...

— Bem — continuou seu Francisco —, sobre dona Margô, nenhuma novidade em si.

— ...

— Agora, sobre o Logus preto, placa XIT 4457, temos as seguintes hipóteses: existe um Logus preto em uma locadora, com placa de São Paulo, só que XYT 4467; se a placa for mesmo XIT 4457, o carro deve ser de Cascavel, no Paraná, e se for XTY será de Caruaru, em Pernambuco.

Silêncio total.

— Até amanhã, lá pelas onze horas, teremos a solução disso tudo. A placa já está com a polícia e hoje eles estão dando uma checada nos hotéis e nos estacionamentos pagos. Se esse casal ainda estiver por aqui, deve estar num hotel e tem de guardar o carro em algum lugar. É nessa linha que eles estão trabalhando.

— O seu amigo Moreira está fazendo uma baita duma investigação! — disse Marcos.

— O Moreira é muito detalhista. Ah! O gerente do banco mandou um funcionário lá na casa da dona Margô e os alemães informaram que ela está em Guarapari, no Espírito Santo, por causa de um reumatismo. Mas ficaram de falar com ela no fim de semana e na segunda-feira darão uma resposta ao banco.

Chicão já se sentia bem melhor, a pomadinha caseira que dona Maninha aplicara nos locais picados estava diminuindo as dores. Foi aí que ele aproveitou para soltar sua "bomba".

— Não posso jurar, mas estou certo de que vi dona Margô "naquela" janela!

O impacto foi total.

— Eu estava enrolado com as formigas e não podia fazer mais barulho do que já tinha feito — emendou sem perder o fôlego. — Mas aquele cabelo curtinho, todo branco, só podia ser de dona Margô.

— Ô, filho, pense bem. Você estava no sufoco... de repente, pode pensar que viu...

— Eu sei, pai. Eu estava dentro daquela moita, deitado de costas, e vi a casa de cabeça pra baixo, tudo isso pode complicar a situação. Só que tenho certeza de que vi dona Margô ali.

Até dona Maninha ponderou que ele podia ter pensado que viu e coisas assim. Mas ele estava irredutível.

— Que vi, lá isso vi. Pai, sei que "estou querendo ver" dona Margô e que isso pode me fazer ver o que não existe. Mas eu a conheço bem, quantas vezes conversamos cara a cara, bem de perto, por um tempão? Acho que seria difícil me enganar. Sei que eu não estava numa boa posição, que as formigas me agoniavam, mas, mesmo assim, era dona Margô.

— Queira Deus que você a tenha visto mesmo, filho. Porque isso significa que ela está viva e, por pior que esteja passando, ela está lá.

Todos alcançaram o que seu Francisco estava dizendo.

— Tem de ser ela!

— O Moreira não me disse nada além do que contei para vocês. Mas pelo modo como está investigando a coisa, posso garantir que ele acha que esta confusão é barra-pesada. O problema é que, sendo barra-pesada, será preciso muito cuidado para não piorar a situação, principalmente para não assustar o casal de alemães. Os nomes dados na locadora devem ser falsos e a embaixada alemã já está com eles para dar uma conferida.

Naquela noite de quinta-feira toda aquela história estava caminhando com rapidez para o seu ponto máximo.

Todos estavam mortos de cansaço.

6

Moreira no pedaço

Manhã de sexta-feira, os três acordaram quase ao mesmo tempo.

— E aí, Chicão?

— Não é mole dormir assim todo inchado.

— É, cara, hoje você parece um pouco pior do que ontem — foi a "força" que Marcos deu.

O cheiro de café falou mais alto e eles foram providenciar a escovação de dentes e mais os etceteras do despertar.

Quando seu Francisco anunciou que eram seis e vinte, todos já estavam apresentáveis e foram tomar café para seguirem para a escola.

— Bom dia, meninos — saudou dona Maninha, com uma bela penca de bananas na mão.

— Se alguém quiser uma vitamina, é um minutinho só.

E o café foi tomado rapidinho.

— Chicão, estive pensando e acho que você não deve ir à escola hoje.

— É, pai. Também não estou a fim não.

— É isso aí, você precisa descansar um pouco. E depois, essa sua cara está meio feia para ser mostrada por aí.

— E lá na escola a turma não iria deixar barato, seu Francisco.

— Eu também vou ficar em casa. Ando um pouco cansado e uma folguinha não será nada ruim.

Dona Maninha sabia que não era nada daquilo: o marido ia ficar em casa porque havia qualquer coisa para acontecer naquela manhã e também porque ele estava preocupado com os meninos. Ficando em casa, segurava Chicão ali, numa boa, e sem Chicão, os outros também não iriam lá para o tal "posto de vigilância".

Acertado que depois das aulas passariam para ver o amigo, Décio e Marcos seguiram para a Delmiro Gouveia.

* * *

— Pai, quem é esse Moreira?

— Eu não lhe contei?

— Acho que não. E me parece uma boa hora pro Chicão aqui saber um pouco sobre o seu Moreira.

Cena bonita, os três em casa com tempo para conversarem — a gente nem sempre percebe, mas cada vez as famílias conversam menos, o que não é bom.

E seu Francisco voltou alguns anos no tempo, quando ele era motorista da Secretaria de Segurança Pública e conheceu o detetive Erval Moreira, um policial sério e dedicado, que iniciou uma carreira promissora e, em coisa de poucos anos, chegou a secretário, colocando-o como seu motorista.

Um tanto emocionado, seu Francisco falou sobre a morte da esposa e da filha do amigo na explosão de uma bomba no aeroporto de Roma, na Itália, num dos estúpidos "atentados terroristas", do qual Moreira escapou por milagre.

— "Escapei por castigo", dizia Moreira, que não se conformava de estar vivo. E aí — prosseguiu seu Francisco —, aquele homem frio, supercontrolado, desabou. Pediu demissão, largou tudo e se afundou na bebida, virando um lixo humano.

— Esse cara curtiu uma barra-pesada — Chicão comentou.

— Ele foi é bem curtido pela vida, filho... Então eu, sua mãe, que também trabalhava na Secretaria...

— Ei, vocês trabalhavam juntos?

— Juntos, não. No mesmo lugar. Seu pai era motorista e eu era dos Serviços Gerais, na faxina. Mas nos conhecemos ali.

— Que legal! Quer dizer que vocês namoraram na Secretaria?

— É, foi assim. Seu pai era namorador que só ele, nem queria saber de casamento.

— E aí a senhora fisgou o velho!

— Fisgou nada, Chicão. É que já era hora de caçar sossego, eu já estava chegando nos trinta.

— Passando, né, seu Francisco, passando. Mais um pouco ia ficar encalhado — disse rindo dona Maninha.

— Bem, mas nós estamos é falando do Moreira — seu Francisco mudou o rumo da conversa. E continuou contando que ele, dona Maninha, Onofre, o contínuo, e o detetive João Saraiva passaram a "cuidar" do sofrido Moreira, tentando tirá-lo daquela fossa suicida.

— Dava uma pena danada e a gente não podia fazer nada. Sem trabalhar, o dinheiro foi acabando e o seu Saraiva começou a batalha de "fazer dinheiro", vendendo as coisas dele para poder comprar comida, até que não havia mais nada para ser vendido.

— Eu inventava o que cozinhar para ele, e um belo dia seu pai conseguiu levar padre Hildebrando para conversar com o amigo.

— Depois de muitos papos, padre Hildebrando conseguiu levar o Moreira para ajudar nas obras sociais da paróquia, em troca de comida — lembrou seu Francisco.

E aí contou que a recuperação do Moreira levou cerca de três anos. Ele acabou vendendo seu apartamento para pagar as dívidas, e padre Hildebrando conseguiu-lhe um emprego de segurança na fábrica, afinal era o que ele sabia fazer.

— Como foi bonito ver aquele homem ir voltando a ser o que era, e, como o bicho era bom mesmo, foi subindo degrau por degrau, até chegar a Chefe de Segurança. Ele criou uma porção de coisas, revolucionou a Segurança da fábrica. Seu trabalho o levou a fazer palestras na FIESP e na FIRJAN, as duas maiores Federações Industriais do Brasil, e ele até andou viajando por alguns países para falar sobre suas ideias.

— Que fera...

— Ele é fera, sim, filho. E muito gente. Eu e o Onofre hoje trabalhamos com ele lá na fábrica, e sua mãe, que se aposentou lá na Secretaria, só não está lá porque preferiu ficar em casa.

* * *

Hora do recreio, turma reunida, pressão baixa, desanimados.

— Que droga! Ficar sem notícias é dureza...

— E como será que está o Chicão, depois do ataque das formigas?

— Aquilo deve doer, mas que ele está muito engraçado, lá isso está.

— De tarde vou dar uma passada por lá.

— É, vou em casa e depois do almoço vou ver o Chicão.

— Eu vou fazer uma visitinha mais tarde.

— Vou com você, Terê.

* * *

A campainha da casa anunciou que o papo dos três seria enriquecido por mais alguém — e esse alguém era o Moreira.

Cumprimentos, abraços, carinho dele para dona Maninha e ele entrou direto no assunto:

— Muito bem, Chicão. Vim para conhecer a casa de dona Margô, pois tudo isso está muito estranho. Só quero que você saiba que estou tão preocupado quanto você.

Mais não precisava ser dito, e Chicão saiu com ele para darem uma "geral" no local.

* * *

No carro do Moreira seguiram para a casa de dona Margô, indo devagar.

— A casa é aquela ali — apontou Chicão.

O carro passou normalmente, Moreira "fotografando" tudo; chegaram na pracinha e voltaram pelo mesmo caminho, bisando o exame do local, até pararem na casa de seu Francisco.

O cafezinho foi tomado em meio às explicações de Moreira:

• um casal de alemães alugara um Logus preto, placa SP XYT 4467, na San Remo Locauto;

• o casal estava no Hotel Lua de Prata, hospedado ali fazia dez dias;

• na manhã do dia anterior devolvera o carro, pagando tudo certinho e mais uma taxa de despesa extra para a limpeza do banco da frente, do lado do carona, que estava sujo.

— E sujo de cocô de cachorrinho — explicou Moreira. — Cocô de cachorrinho e desarranjado.

E continuou contando: depois que seu Francisco lhe telefonara na quarta à noite, investigou na quinta e por volta do meio-dia descobrira que os alemães haviam saído do hotel pela manhã e entregue o carro na locadora.

— E depois disso, simplesmente sumiram! Os alemães sumiram. Mas o pessoal já adotou algumas medidas, e esses dois podem ser encontrados de uma hora para outra.

Chicão não estava entendendo tudo, mas percebeu que a situação era complicada e que Moreira estava realizando um grande trabalho.

— Agora, Chicão, preciso que você me leve para dar uma outra olhada na casa de sua amiga. Quero examinar algumas coisas, numa boa. Francisco, fique por aqui que eu e Chicão não vamos demorar.

Dona Maninha e seu Francisco concordaram, ainda que naturalmente nervosos.

* * *

Chicão e Moreira passaram pela casa novamente. Pararam mais adiante e Moreira disse que precisaria dar uma olhada melhor.

— Bem, pro senhor poder olhar bem, só subindo pela trilha. — Chicão estava empolgado.

— É de lá que vocês vigiam a casa?

— É, lá fica o nosso posto de vigilância — Chicão agora estava falando com um profissional. — A gente chega lá vindo pela trilha da escola.

— Muito bem, vamos para a escola então.

Dito e feito. Indiferente às consequências dolorosas da maldade das formigas, o jovem conduziu Moreira até o ponto costumeiro e de lá explicou-lhe tudinho. Moreira ia ouvindo e "fotografando" o cenário com seu olhar atento. Se viu alguma coisa importante, ficou na dele.

— O melhor mesmo é ir até aquelas árvores do outro lado; dali a gente pode ver a casa bem de perto, e lá pelas cinco horas é que a mulher sai pra lavar os lençóis... ou as toalhas, não sei bem.

Chicão relatou suas observações feitas lá debaixo, com todos os detalhes de que conseguia lembrar.

— Foi lá o seu encontro com as formigas, hem? Isso acontece, Chicão... Nem sempre podemos controlar tudo quando nos metemos numa ação dessas.

Que máximo! Moreira o estava tratando de igual para igual!

Mais algumas olhadas e Moreira comandou o regresso.

Voltaram para sua casa, onde Moreira falou pouco.

— Consegui ver o que precisava, Francisco. Voltarei às cinco, quando o movimento aumenta por lá, não é, Chicão?

— É a hora da lavação...

— Agora, seu Chicão, você vai me fazer um favor: fique quieto em casa até que eu chegue. Quero que você me leve até aquelas árvores, mas fora do caminho das formigas, combinado? E não saia de casa até as cinco.

Ora, se aquilo era gozação, Moreira podia fazer quantas quisesse... afinal, entre profissionais as brincadeiras são permitidas, de igual para igual.

* * *

Marcos e Décio se encontraram para ir ver Chicão. E na descida da trilha os dois não deixaram de examinar a casa naquilo que lhes foi dado olhar, o que resultou em nada, pois continuava silenciosamente fechada como nos últimos dias.

A primeira novidade ficou por conta da presença de seu Francisco em casa, isso sem falar no supercheiroso ensopado de carne-seca com abóbora que dona Maninha preparara em dose dupla, acompanhado de arroz branco e farofa de ovo. Mesmo já tendo almoçado, encararam aquela irresistível repetição.

Dois belos pratos depois, os três relembraram tudo o que acontecera, agora com a participação de seu Francisco, como se estivessem passando a limpo o rascunho de uma redação.

As novidades levantadas por Moreira foram devidamente incorporadas ao histórico do caso, e Chicão teve o bom gosto de não falar nada sobre os papos que tivera com Moreira.

— Olha, Chicão, você vai ficar frio aí que nós vamos dar a nossa olhada de costume por lá — anunciou Marcos assim que o papo foi desaquecendo. — Vamos e voltamos logo, que a festa vai começar lá pelas cinco, não é mesmo?

— Com certeza que vou ficar. Já são quase duas e ainda quero passar mais um pouco da pomadinha da mãe antes de encarar aquelas árvores de novo.

— Vocês dois aí! Nem é preciso repetir a recomendação do Moreira, certo?

— Ninguém arreda pé daqui! Quem vai dar um giro por aí sou eu — falou seu Francisco, categórico.

Eram vinte para as cinco quando Moreira chegou. Nem bem entrara e seu Francisco já voltava da vigilância, com algumas novidades: a mulher saíra na kombi e voltara com algumas compras em caixas de papelão, como da vez anterior; o bigodudo saíra com dois dos tais pacotões e a alemã agora estava sozinha na casa.

— Se estão agindo como sempre, é sinal de que não estão preocupados com mais nada, o que é bom para nós. E aí, Chicão, vamos lá?

Marcos e Décio foram uns trinta metros na frente de Chicão e Moreira, todos caminhando devagar e batendo papos que pareciam conversa jogada fora, caso alguém prestasse atenção a eles.

Todos entraram no arvoredo naquele pontinho certo e dali em diante foi aquele engatinhar no meio das árvores.

Chicão ia guiando Moreira, atento para ficar longe da área das formigas, e assim chegaram ao lado da cerca do terreno da casa.

Já eram cinco e meia, conferiu Moreira, quando a mulher começou a lavação de roupa, que se deu exatamente como eles relataram. Depois foi a tal da movimentação na cozinha com o vaivém diante da janela, como das vezes anteriores. E então, a hora de hastear as bandeiras, quando a alemã estendeu os lençóis-toalhas no varal.

— Tudo como você disse, Chicão! — sussurrou Moreira.

Silêncio.

— E onde é que fica o formigueiro? — perguntou depois que a mulher entrou na casa.

Chicão apontou para a direita e Moreira começou a se mover meio para trás, pretendendo chegar lá no fundo mas evitando as formigas. Chicão sacou a manobra e acompanhou-o.

— Fiquem aqui — Moreira avisou Décio e Marcos.

Os dois deram uma senhora volta, acabando por chegar bem nos fundos da casa, cerca de dez metros além dos limites do terreno. Estavam deitados no matinho, olhos varrendo a casa, e foi aí que perceberam... a janela do andar de cima estava aberta.

Naquela hora Chicão viu dona Margô! Viu! Viu mesmo, sem nenhuma dúvida!

— É dona Margô, juro! — disse baixinho, cutucando Moreira.

Ele olhou bem para aquela figura próxima da janela: cabeça branquinha, cabelos curtos, olhando de um lado para o outro, como se estivesse procurando alguma coisa ou alguém.

— Calma, garoto! — Moreira sentiu que Chicão estava tremendo. — Também acho que é ela!

— E o que vamos fazer?

— Vamos sair daqui e voltar para casa!

— Mas...

— Calma. Nós queremos tirar dona Margô dessa fria, certo? Então, vamos fazer as coisas do modo certo, ok?

Chicão bem que preferia subir aquela parede a qualquer custo até chegar na janela de sua amiga. Mas cedeu diante da experiência de Moreira.

A caminho de casa cruzaram com três pessoas na rua, movimento normal aos olhos de Chicão, que, tão ocupado estava com seus pensamentos, não se deu conta do sorriso enigmático que se plantara na fisionomia de Moreira.

* * *

Quando chegaram em casa, a novela das sete ainda estava na apresentação.

— Dona Margô está lá — foi anunciando Chicão.

— De fato, só pode ser ela — confirmou Moreira, respondendo aos olhares que se concentraram sobre ele. E, cortando qualquer outra pergunta, sentou-se numa cadeira, começando a alinhar todos os fatos daquele estranho caso.

Vez por outra, Chicão completava um detalhe ou fazia um comentário, tamanho era seu nervosismo.

— ... e é isso que temos aqui — concluiu Moreira. — Dona Margô seguramente está presa em sua casa, em poder do casal de alemães. No final do dia eles devem deixar a janela aberta, que é para que ela possa se movimentar um pouco ou sei lá o quê. Alguma coisa muito séria deve estar acontecendo ali, e os tais pacotes podem conter objetos roubados, como vocês imaginaram, provavelmente obras sacras bem antigas.

Somente Décio ainda estava invocado: — Só não entendi o volume de compras, os sacos de lixo e a quantidade de lençóis... Afinal, eles são só três pessoas...

— Alguns amigos meus na polícia têm uma ideia sobre tudo isso. Mas trata-se apenas de uma ideia, sem qualquer comprovação, sem qualquer base mais concreta. Daqui vou direto falar com eles.

— E agora, Moreira, o que vai acontecer?

— Francisco, com certeza estaremos aqui amanhã, lá pelas sete horas.

— Você vai trazer a polícia?

— Fique tranquilo, Francisco. Alguns de meus amigos já estão pelas redondezas. Mas só lá pelas sete é que estaremos aqui. Agora, um grande compromisso de vocês todos.

Expectativa geral.

— Não façam nada, pelo amor de Deus! Nada de ir até a casa, nem sequer passar pela porta, hem?!

— Com certeza, seu Moreira — garantiu Chicão.

— Prestem atenção: a situação está enrolada demais para o meu gosto. Tudo indica que é coisa muito séria, só que ainda não se sabe do que se trata. Por isso, todo cuidado é pouco para não assustar os alemães. E seria besteira que vocês corressem riscos desnecessários. Até aqui, vocês deram um *show* de bola, não vamos perder o jogo agora no finalzinho, não é? E para que vocês fiquem mais tranquilos, a casa já está sob nosso controle. Qualquer coisa anormal, esse pessoal sabe como agir. Então, nada de qualquer um de vocês passar por lá. E por que é que vocês dois não aproveitam e pegam uma carona comigo?

— É, pessoal, seria uma boa — aprovou seu Francisco. — Hoje o relógio andou mais depressa do que vocês, e o Moreira vai passar lá em frente à escola.

Décio ia dizer que as meninas tinham ficado de "fazer uma visitinha" pro Chicão... Quase falou, mas, pensando melhor, decidiu guardar a surpresa, principalmente para dona Maninha e seu Francisco; e, assim, muito na moita, fez sinal para Marcos quando percebeu que o amigo estava a ponto de falar o mesmo que ele pensara.

Mais uma fala aqui, outra ali e Moreira saiu com Décio e Marcos.

— Gente! E não é que eu esqueci de oferecer um cafezinho para o seu Moreira!

Foi nessa volta de dona Maninha à realidade que a campainha tocou.

— Olha só, o Moreira esqueceu alguma coisa — comentou seu Francisco indo abrir a porta.

Só que não era o Moreira.

Laura e Tereza foram logo entrando, a ansiedade arregalando seus olhos. Nos boas-noites, apresentaram suas companhias: Jurandyr, pai de Laura, e Marcelo, de novo, o irmão.

Os jovens falavam todos ao mesmo tempo, e Chicão foi o alvo da curiosidade geral, especialmente da de seu Jurandyr.

Dona Maninha desta feita não anunciou nada e se meteu na cozinha para preparar o seu cafezinho.

Seu Francisco fazia as honras da casa, explicando o que acontecera com seu filho, lá à sua maneira...

— Quer dizer que não foi briga? — tranquilizou-se seu Jurandyr.

— Não, não foi, não. Isso aí é formiga mesmo — assegurou seu Francisco. — Se tivesse sido briga, só se este moço aí tivesse encarado uns dez para ficar assim, seu Jurandyr. Afinal, Chicão é grande o suficiente para saber que não se deve brigar com mais de nove de uma só vez.

Enquanto ainda se riam das contas de seu Francisco e o cheiro gostoso do cafezinho perfumava a sala, nossos amigos conversavam quase que em código ali no fundo da sala.

— A "coisa" vai ser amanhã cedo.

Tal aviso de Chicão resultou na marcação do "fechamento do jornal" para a manhã de sábado, cabendo a Laura avisar Décio e Marcos.

— Dona Maninha, se a gente trouxer um frango caipira, a senhora faz um molho pardo pra gente, amanhã? — Laura tinha esse mágico poder de inventar as saídas mais incríveis.

Silêncio, aguardando a resposta de dona Maninha.

— Bem, se é para vocês cinco, é melhor trazer três galinhas da roça, filha!

— Esse jornal de vocês deve estar um estouro, gente. Vocês já se reuniram duas vezes e ainda não conseguiram fechar o bandido — cutucava seu Jurandyr, o "orientador" de *O Espaço*.

— Pode esperar algumas surpresas neste número, seu Jurandyr. Esta moçada aí é cheia de novidades, cheia de truques — era o bom humor de seu Francisco mais uma vez.

— E quanto mais eles estiverem reunidos para cuidar desse jornal, mais estarão tentando fazer uma coisa boa, não é, seu Jurandyr? — Dona Maninha tinha de encerrar o papo daquela noite. Ora se tinha.

7

A horrível trama dos alemães

Naquela noite de sexta para sábado, nenhum de nossos amigos dormiu bem, e pouco depois das seis e meia, Décio e Marcos já estavam batendo na casa de Chicão.

O ar já estava perfumado pelo gostoso aroma de café de dona Maninha, que se misturava ao delicioso cheiro dos pães de queijo recém-assados. Mesmo assim, dava para ver a tensão rondando pela sala.

Quase sete horas, Moreira estacionou em frente, trazendo boa dose de oxigênio para que todos respirassem melhor. E seu "oxigênio" era o início das ações.

Um cafezinho e aí vieram as instruções: — Vocês vão ficar aqui na base. Francisco, segure esta juventude aqui. Já estamos com todo o pessoal nas suas posições, e vocês podem ficar tranquilos que tudo vai acabar bem. Vamos lidar com a situação com calma para que seja bem resolvida... e para o almoço, meu amigo, que tal uma boa caipirinha?

Curto e direto, ele falava de um modo que não dava para retrucar:

— Bem, gente. Vamos ao trabalho. Lá pelas onze tudo deverá estar resolvido. Então, até lá. — Rápido como entrara, saiu.

* * *

Dona Maninha levou seu coração sufocado lá para dentro, cuidando dos afazeres domésticos; seu Francisco se instalou solenemente numa cadeira na varanda para "dar uma olhada no jornal da véspera", mas sem conseguir ler nada, nadinha; nossos três companheiros estavam agoniados presos ali: iam da frente da casa para a sala, voltavam para a frente, todos com "aquela" vontade de estarem lá no Mamãozinho...

* * *

E lá no Mamãozinho, Moreira se instalou no "local de vigilância" acompanhado de outro policial — o detetive Bernardo — totalmente empenhado em vasculhar a casa com um binóculo.

— Eles ainda não desconfiaram de nada — comentou Moreira, em virtude de tudo estar calmo lá embaixo.

Passavam dez minutos das oito quando a porta dos fundos se abriu e o bigodudo apareceu ali, dando a impressão de que falava com a mulher que estaria dentro do prédio; logo em seguida fechou a porta e, carregando um dos tais pacotões, foi em direção à kombi.

Bernardo empunhou um *walkie-talkie*, esticando a antena sem desgrudar os olhos do bigodudo lá longe:

— Turista, aqui Turista 1. Turista, aqui Turista 1. Câmbio.

— Turista 1, Turista na escuta. Bom dia. Câmbio.

Neste momento a kombi começou a se movimentar para sair da casa.

— Turista, pombo está deixando o pombal. Repito: pombo está deixando o pombal. Câmbio.

— Turista 1, positivo. Rastreando o pombo. Todos rastreando o pombo. Turista 1. Teatro está montado. Você viu o jacaré cedo. Agora é que o jacaré vai chocar os ovos. Câmbio.

— Turista, afirmativo. Como combinado, fico aguardando instruções para baixar de poleiro. Câmbio.

— Turista 1. Você já vai ter companhia. Câmbio final.

Poucos minutos depois, Moreira sentiu que alguém se aproximava — não ouvira nenhum ruído, mas alguém estava chegando ali.

— Tudo sob controle, gente — Bernardo falou sem se virar, antes mesmo de os dois policiais aparecerem bem por detrás de onde estavam.

— Tudo em cima. Vocês podem ir em frente que estamos assumindo a posição. — E ato contínuo, um deles acionou seu rádio: — Turista. Aqui Turista 2. Turista 2. Já em posição. Câmbio.

— Turista 2. Positivo. Boa sorte, Turista 1. Fora do ar por vinte tempos. Câmbio final.

— Vou com Moreira lá para aquelas árvores, dando a volta aqui por detrás. Se a coisa começar a acontecer antes de chegarmos lá, você reporta daqui em meu lugar, certo?

Zéfredo, o policial que recebeu a incumbência, confirmou que entendera tudo.

— E olhe lá, a carroça já está pronta.

Dali puderam ver uma carroça que ia saindo do mato, parando na beira da rua, antes da casa e fora do seu campo visual, coisa de uns vinte metros. O carroceiro descansou, sentando-se no chão.

— Turista. Aqui Turista 2. Mercedes Benz OK. Mercedes Benz OK. Câmbio.

— Claro que estou bem, cara. E meu parceiro está feliz comendo o seu capim-búrguer.

Zéfredo e seu companheiro viram que o carroceiro falava no que deveria ser um rádio.

— Mercedes Benz, aqui Turista. Segura a rolha. Câmbio final.

— Certo, Turista. Mas se eu dormir, me acordem.

— Olavo é uma barra — foi o comentário de Zéfredo, segurando o riso.

— Chamo lá das árvores — foi a despedida de Bernardo, que começou a subir o morro para evitar passar próximo à casa.

Atingiram as árvores perto das nove da manhã e, como o rádio estivera em silêncio total, nada acontecera enquanto mudavam de posição.

— Turista. Aqui Turista 1. Na base. Na base. Vamos para a rampa. Câmbio.

— Turista 1. Aqui Turista. Rampa OK. Prossiga. Câmbio final.

Bernardo e Moreira avançaram com cuidado redobrado, pisando como gatos. E aos poucos foram percebendo a presença dos policiais por ali, até que se aproximaram da cerca dos fundos, onde se acomodaram sob a proteção de uma touceira de capim.

— Não vamos ver o forró lá da frente, mas vai ser daqui que a turma vai safar dona Margô — explicou Bernardo.

Havia uma escada paralela à cerca, e Moreira deduziu que estivesse destinada a levar os agentes federais até a janela onde dona Margô tinha aparecido.

* * *

— Oi!

— Bom dia, minhas filhas.

— Bom dia, seu Francisco.

— Ei, Marcelo! Tudo em cima?!

Mas Marcelo mandou um "oi" sem sair do carro e seguiu. Eram nove e cinco.

— Ô, Maninha...

Mas nem foi preciso chamar, porque ela já se aproximara da porta, atraída pelo barulho do carro.

— Bom dia, meninas. Os rapazes estão lá dentro — anunciou dona Maninha.

A conversa foi interrompida pelo retorno de Marcelo.

— As galinhas!

— Não é que íamos esquecendo das galinhas! — disse Laura indo apanhá-las.

Novamente Marcelo parou apenas o suficiente para deixar sua carga e se foi.

Galinhas à mão, "as penosas" foram depositadas ali mesmo no chão.

— Marcelo está apressado porque tem jogo lá na escola dele, é o campeonato de vôlei — explicou Tereza.

— Bem, o pessoal está por aí — disse seu Francisco, sabendo que essa pergunta estava na ponta da língua das duas. — E nós vamos ficar aqui na "base", como passaram a chamar nossa casa.

— Ué, nós passamos por lá e não vimos nada nem ninguém...

— Isso é bom, Terê. Sinal de que tudo está indo bem.

— Mas será que não dá...

— Não dá, não, dona Laura — cortou logo seu Francisco, com gentileza. — Afinal, quem vai tomar conta de dois velhos desamparados? — Sua risada gostosa não foi suficiente para desfranzir a testa da garota.

— Mas, seu Francisco...

A chegada dos três amigos salvou seu Francisco de ter de continuar aquela conversinha desagradável — os cinco estavam meio murchos e nada melhor do que conversarem entre eles para levantar os ânimos.

Dona Maninha foi a primeira a perceber a fujona:

— Ela está fugindo — alertou.

O pega-pega foi rápido, garantindo que a panela não ficasse desfalcada da galinha que quase chegara ao portão.

— Meninas, vamos cuidar do nosso almoço que é bem melhor — propôs dona Maninha a Laura e Tereza, para que, assumindo o "comando da base", deixassem a cargo de seu Francisco a tarefa de elevar o astral do trio "desilusão".

* * *

Lá do Mamãozinho a casa continuava na mesma: silenciosa e fechada. Barulho ali, só o chiado do rádio, agora ligado direto.

— O pombo está voltando. O pombo está voltando.

Aquilo explodiu nos ouvidos de todos. Quem estava cobrindo a frente da casa viu o carroceiro levantar-se ligeirinho e tocar sua carroça em direção ao portão da casa.

* * *

Lá das árvores, o rádio também transmitiu a novidade.

Três policiais pegaram a tal escada e se prepararam para entrar em ação. Foi neste exato momento que a porta da cozinha se abriu e a mulher saiu por ali, carregando umas sacolas de supermercado, aparentemente bastante cheias.

Os policiais congelaram. Não estavam esperando que ela aparecesse exatamente naquele momento.

Sem se dar conta de nada, a mulher foi até um daqueles sacos pretos de lixo. Observada por inúmeros olhos, parecia tranquila.

Todos estavam colados ao chão ou grudados nas árvores que os protegiam.

* * *

A carroça estava a uns cinco metros do portão da casa quando a kombi saiu da curva. O carroceiro virou para a contramão bruscamente e, ao chegar bem diante do portão, levantou os braços, assustando o cavalo, que empinou — tudo numa fração de segundo. A roda da carroça se soltou e ela desabou ali mesmo.

Zéfredo não perdeu tempo: — Pombo empacado! Pombo empacado!

Duas pessoas que se aproximavam pela rua, dois passantes, meramente dois curiosos, pararam para observar a carroça quebrada na entrada do portão e a kombi parada, sem poder entrar na casa — o bigodudo estava na kombi e deu uma leve buzinadinha.

* * *

O carroceiro nem se abalou.

O bigodudo então desceu e foi falar com o dito-cujo. O bigodudo gesticulava... O carroceiro? Parecia que nem era com ele. Os dois passantes entraram na conversa, ou melhor, no bate-boca.

O alemão foi olhar a roda da carroça, mas sem se descuidar da kombi. Os passantes também foram olhar. O carroceiro começou a cantar... cantar, não, a berrar. Não é que o diabo estava de porre!

— Turista. Começou o pagode. Começou o pagode.

O empacado estava nervoso, falava com o carroceiro, apelava para os tais dos passantes, mas não tirava os olhos da kombi. Queria retirar a carroça dali, mas não pretendia se afastar do seu veículo.

Meio trôpego, o carroceiro foi em direção à kombi, sempre cantando. O alemão correu na sua frente, tentando impedi-lo. Um dos passantes foi ajudar a segurar o carroceiro e o outro começou a gritar com ele para que parasse de cantar, mas isso só fez com que o homem aumentasse ainda mais o volume de sua voz.

Naquele local ermo, aquilo era uma barulheira dos capetas.

* * *

A mulher, que agora estava junto à máquina de lavar, ficou alerta: havia um som estranho no ar... parecia alguém cantando, ou falando alto. Afastou-se da máquina e veio até a beira da varanda, apurando seus ouvidos.

* * *

O passante que gritava com o carroceiro chegou até a janela da kombi e, metendo o braço por ali, pressionou a buzina. Enquanto isso, o carroceiro rodopiava na sua cachaceira braba. Já o outro passante, que ajudava a segurar o bêbado, não tirava os olhos do alemão, de modo a não perder nenhum gesto seu.

* * *

Lá nas árvores, a movimentação silenciosa era grande: os três da escada até pareciam atletas prontos para a largada dos cem metros rasos; outros policiais estavam rentes à cerca.

Todos se movimentavam como lagartixas, atentos à mulher plantada lá na beira da varanda dos fundos. Ela pareceu então ter percebido algo de errado lá na frente da casa, principalmente quando a buzina disparou — e entrou rapidamente.

* * *

No Mamãozinho, Zéfredo não viu quando a mulher apareceu na porta dianteira da casa.

Mas o rádio anunciou: — A cobra está na porta. A cobra está saindo da toca. Repito: Saindo da toca. — Silêncio curto. O rádio de novo: — A cobra saiu da toca. Saiu da toca! Saiu da toca!

* * *

A última mensagem, transmitida por um policial que estava no alto de uma árvore, foi a senha para mil ações.

Os três da escada voaram para debaixo da janela do andar superior. Os que estavam deitados ao longo da cerca pularam para a lateral da casa. Moreira e Bernardo, como duas flechas, se mandaram para a porta dos fundos, por onde invadiram a cozinha.

* * *

A mulher chegara ao portão da casa. Nervosa, também falava muito. E em alemão! Provavelmente, palavrões.

Nesse momento o passante que ajudava a controlar o carroceiro foi em direção à mulher. O que tocava a buzina deixou seu brinquedo. E o carroceiro se curou da bebedeira como num passe de mágica.

Tudo ao mesmo tempo, como num balé muito bem ensaiado e sincronizado.

* * *

Moreira chegou à entrada da sala, olhos grudados. Viu colchonetes espalhados pelo chão. Por todo o chão da sala.

* * *

E na frente da casa?

O carroceiro se atracou com o bigodudo, no que foi ajudado pelo buzinador.

O outro passante deu um salto sobre a mulher, derrubando-a no chão.

O bigodudo era forte, mas o carroceiro, valendo-se da surpresa que causara com a sua mudança de atitude, aplicou-lhe dois bons socos; o alemão sequer teve tempo de reagir, pois o outro passante o acertou com um golpe na base dos rins, o que o fez desabar como um saco de gelatina.

A alemã parecia uma gata, pois aproveitou o embalo de sua própria queda para um rolamento perfeito, levantando-se surpreendentemente e partindo para cima do adversário com unhas afiadas como garras, tentando atingi-lo no rosto. No último instante, ele se esquivou e mandou-lhe um direto bem entre os olhos. A mulher apagou antes mesmo de chegar ao chão.

Os policiais que ficaram do lado da casa já estavam entrando pela porta da frente.

— Todos na casa! Todos na casa! — este era o comando pelo rádio.

* * *

Moreira e Bernardo ainda estavam meio atordoados admirando os vários bebês que dormiam nos colchonetes. Uma cena fantástica, ali, na sala de dona Margô.

Moreira olhou em volta, sem acreditar no que estava vendo.

Um policial descia a escada lentamente, de arma em punho, degrau por degrau. Moreira forçou a vista, tentando não perder a escada de foco. Então divisou uma camisola no alto da escada. Depois as mãos, entrelaçadas à frente do corpo. E em seguida um rosto: uma senhora de cabelos curtos, branquinhos — dona Margô!

Sim, era dona Margô que descia, amparada por um agente.

* * *

Bem, lá na "base"...

— Já são onze e dez — Laura acompanhava cada tic e cada tac do relógio.

— Se ainda não tivemos notícias, filha, é porque tudo está correndo bem.

— Mas não escutamos nada, seu Francisco.

— E dona Tereza queria escutar o quê, pode-se saber?

— Ora, sirenes da polícia, um grito, tiros, sei lá. Alguma coisa, pô...

— Minha amiga está vendo muita televisão... Sirene é aviso para os bandidos, coisa que se usa quando é para fazer os pilantras correrem; gritos, daqui é que você não vai ouvir mesmo. E quanto a tiros, Deus permita que não ouçamos nada.

— O senhor tá certo, mas é que não aguento ficar aqui sem saber de nada.

— Pois é para você ver que nem sempre estar lá no meio da confusão é prova de coragem; muitas vezes, para se ficar como nós, aqui, é preciso muito mais força do que para estar lá.

— Eu não havia pensado nisso ainda, seu Francisco. — Laura gostou daquela ideia, passada com tanta simplicidade pelo pai de Chicão.

Foi quando "viram alguma coisa".

— Olha ali! — anunciou Tereza, a vigilante.

Eram vinte e cinco para o meio-dia quando ela apontou para uma viatura da polícia que vinha lá das bandas de dona Margô.

Como autômatos assistiram à chegada do carro, que, vindo devagar, parou ali em frente.

— Chicão, é dona Margô! — falaram todos praticamente ao mesmo tempo.

Chicão queria voar até a amiga, mas suas pernas eram de chumbo e só com muita força de vontade ele conseguiu chegar à porta da viatura, onde se abraçou com dona Margô, atrapalhando sua descida.

Parece que só seu Francisco viu Moreira sair do outro lado do veículo.

Quando dona Margô conseguiu descer, sempre abraçada a Chicão, atrás dela veio uma médica.

Dona Maninha se adiantou, solícita como sempre, desta feita um tanto lacrimosa, levando um abraço supercarinhoso para a velha senhora.

Dona Margô foi conduzida diretamente para o quarto de Chicão, deixando um maravilhoso sorriso àquele comitê de recepção, um sorriso cansado porém cheio de altivez e dignidade, o sorriso de uma mulher de fibra, uma velhinha "firme na base".

* * *

Ainda sábado, relógio indo para uma da tarde. Moreira apresenta o inspetor Gilberto, um bahiano (com "h" mesmo) ultrassimpático, que chefiara a operação montada pela Polícia Federal.

Sábado, já pertinho de uma da tarde. Seu Francisco estava de plantão, servindo batidinhas para todos e para os mais valentes "uma pinguinha da roça", especialmente reservada pelo Chinês, tudo acompanhado por uns bolinhos de arroz (obra de dona Maninha), o tira-gosto mais *light* do pedaço, segundo o anúncio que ele mesmo fazia.

Sábado, uma e tanto da tarde. A caravana policial já passara por ali, os alemães já estavam a caminho da cadeia, somente nossos amigos estavam na casa de Chicão, dona Margô repousava lá dentro — tudo dava a impressão de estar voltando ao normal. Moreira pegou uma cadeira e sentou-se ao lado de seu Francisco.

— Bem, agora que tudo está nos seus devidos lugares ou indo para lá, quero lhes explicar certas coisas.

Silêncio geral.

— A ação da Federal foi um tanto dura em razão da natureza da situação.

E os que não viram a prisão do casal, pelo menos não se esquecerão tão logo da cara quebrada da mulher.

— Lembram-se quando lhes disse que meus amigos tinham uma teoria sobre o que estava acontecendo?

Todos se lembraram.

— Pois um casal de alemães foi preso ontem à noite, tentando embarcar com um bebê, provavelmente o que vocês viram ser apanhado aqui.

— Então aqueles pacotões...

— Eram bebês enrolados em mantas.

— !!!

Ninguém sabia o que dizer.

— Os alemães estavam no aeroporto de Guarulhos, em São Paulo. Sobre o casal daqui, se eles forem quem a polícia acredita que sejam, têm uma bela ficha policial e, pelo modo de atuação deles, os dois são especialistas em transplantes de órgãos.

A ideia pairou no ar. Mas ainda não muito nítida.

— Os alemães estavam levando aquele bebê para a Bolívia, de onde deveriam seguir para algum outro lugar, o que vamos descobrir. Quando chegasse ao destino final, o bebê iria ser utilizado como doador de órgãos.

A coisa ganhou nitidez. E o pavor se estampou na face de cada um. Ninguém conseguiu dizer nada.

— O inspetor Gilberto me ligou lá pela meia-noite, contan-

do isso. Nos reunimos lá na Federal e reforçamos a operação desta manhã, pois tínhamos de entrar nessa pra valer. Com esse tipo de gente, na verdade dois monstros como esses aí, não dá para facilitar e nem ser delicado.

Todos pensando a mil!

— Sinceramente, só lamento que eles não tenham reagido à prisão com mais disposição... — continuou Moreira.

— Pombas! Mas a gente ainda pode...

— Pode nada, Marcos. Não temos mais nada a fazer com eles, exceto um inquérito bem caprichado. O policial também é humano, coisa que muita gente esquece, e se revolta com tanta barbaridade. E dá raiva saber que esses animais ainda terão direito a um julgamento, que haverá um advogado que os defenderá, o qual irá procurar um errinho no processo para conseguir libertá-los, apesar de sabermos o que fizeram.

— Mas isso é o fim da picada!

— É, Décio, parece que sim, não é? Mas é assim mesmo que

a democracia funciona. Não gosto disso não. Mas com todos os seus erros e falhas, a democracia ainda é o melhor sistema de todos. Desse modo, evitamos que inocentes sejam condenados, e, se um ou outro criminoso aproveitar-se disso para escapar, ainda terá sido melhor do que condenar um inocente, você não acha?

Era coisa demais para um dia só.

— Pensem bem nisso tudo, vocês são jovens e terão de viver deste modo no futuro... Bem, agora tenho de dar uma chegada na Federal. Vou ver se consigo marcar o depoimento de vocês e de dona Margô para o final da semana que vem. Passo aqui amanhã.

Abraços, despedidas e lá se foi Moreira.

* * *

Moreira se foi, mas o que dissera calou fundo no pessoal.

— Eu é que não vou ser advogado — desabafou Marcos.

— Não é por aí, não, Marcos — seu Francisco entrou, devagar.

— Mas como é que alguém pode querer defender esses dois monstros? — Tereza não se conformava com aquilo.

— Tereza, você conseguiria viver se não existissem os lixeiros? — era a lógica de seu Francisco.

— Bem, alguém tem de fazer certas coisas... Mas defender os dois...

— Moça, sem recolher o lixo, vamos ter de enfrentar doenças, epidemias, e nossa vida vai ficar difícil. Mas vamos ver outro caso: quando um médico salva uma pessoa, tem sucesso numa operação, ele é um santo; mas quando não consegue salvar o doente é um idiota, um criminoso. Julgar as pessoas assim não está certo, gente.

— Tudo bem, mas defender dois criminosos como esses...

— Se eles forem julgados sem ter quem os defenda, aí estaremos praticando um massacre. Temos de entender que para tudo existe uma regra, qualquer que seja o caso e para todas as situações. Para que uma pessoa seja julgada, ela deve ter todas as oportunidades de defesa. Nós todos estamos com raiva desses bandidos e, por conta dessa raiva, poderíamos dizer que todos os alemães não prestam? Claro que não. Estamos felizes porque dona Margô está bem, e ela é alemã. Temos dois criminosos que vão ser julgados, e as pessoas que vão julgá-los não acompanharam o caso como nós, não viram o que vocês viram. Alguém, que também não viu nada, irá acusá-los. E como fará isso? Com base nos documentos que a polícia vai apresentar. O acusador vai batalhar para que eles sejam condenados pelo que fizeram.

— Bem que eu gostaria de ser essa pessoa — Laura era espontânea.

— Está vendo, filha? Você seria a advogada de acusação, a promotora. Então, nesse caso, o advogado é necessário, não é?!

— Pra acusar, sim... mas pra defender...

— Olhem lá... Se a gente resolve que crimes como esse não precisam de defesa, amanhã aparece alguém que poderá ser acusado de crime semelhante, apesar de ser inocente, e, por não ter quem o defenda, vai ser condenado sem ter culpa no cartório.

Eles estavam entendendo o que o pai de Chicão queria lhes transmitir.

— Só que essa de procurar erros na papelada para livrar os vagabundos — Marcos estava irritado, insistia —, isso é ser bandido como eles.

— Olha, Marcos, se a gente sabe que é assim, então o negócio é não cometer erros, é fazer tudo certinho. Viver é complicado, e vocês estão estudando exatamente para poderem viver melhor, para poderem organizar as coisas de um modo mais justo.

Aquilo tudo fazia sentido, só que era duro aceitar a situação.

— Ou vocês estão pensando que a escola existe só para ocupar o tempo de vocês, ou só por causa do recreio? Vocês ainda vão ter muitos livros para ler, muitos professores pela frente, até estarem em condições de participar das decisões sobre nossas vidas. É preciso lembrar sempre que, para vivermos junto com outras pessoas, precisamos de regras, de leis... E as leis têm de ser iguais para todos, principalmente as que tratam dos julgamentos de crimes, as que dizem quais são os direitos das pessoas.

— ...

— E um dos nossos principais direitos é de não ser julgado sem ter o direito de defesa. E isso é tão sério que, se a pessoa acusada não puder pagar um advogado, a Justiça indica um advogado para defendê-la de graça. Não é uma coisa de gostar ou de não gostar, gente. É um direito.

— É provável que para defender um criminoso seja preciso muita coragem, muito mais do que para acusar... — dona Maninha repetia sua crença na importância do pessoal de apoio.

— A vida nos ensina muitas coisas. Quantas vezes a gente vê uma pessoa sendo vítima de uma injustiça só porque não soube se explicar direito, porque não teve uma boa defesa?

— Olhem o que seu Moreira disse: mais vale deixar um criminoso solto do que condenar um inocente.

— Por isso, não critiquem os advogados pelo fato de eles estarem cumprindo apenas a lei.

— Mas tem advogado que dá nojo! — Marcos de novo.

— Claro que tem. Como tem médico, motorista, padeiro, polícia, padre... Tem gente boa e gente que não presta em todo lugar, só que isso aí já é outro "causo".

8

Para com isso, Chicão

Aquela conversa mexera com todos e deu uma esfriada nos ânimos.

Sabiamente seu Francisco sugeriu que ligassem para suas casas, embora o almoço ali já estivesse acertado — a ideia era fazer aquela turma circular um pouco.

E lá se foram todos até o orelhão, enquanto seu Francisco aproveitou para esticar até o Chinês.

No regresso, o papo foi sendo retomado aos poucos:

— Dona Margô está um pouco fraca, coitada.

— Também, ela ficou amarrada à cama esse tempo todo.

— E mesmo amarrada conseguiu chegar até a janela.

— Era para ver se conseguia ver alguém.

— E por que eles não a mataram? Isso deve ter rolado, né?

— Nem ela mesma entendeu isso, sabe?

— Vai ver que eles iriam usá-la para um futuro transplante — colocou Décio.

E o papo seguiu, cada um querendo saber uma coisa e, ao mesmo tempo, passando os detalhes da ação policial.

Acesos, a conversa continuava sem que ninguém se lembrasse da galinha ao molho pardo, um prato marcado para ser rejeitado pelas circunstâncias.

Por isso, o regresso de seu Francisco com pilhas de sanduíches foi um achado, saudado pela mastigação generalizada.

E então, uma kombi parou lá fora, de onde desceram uma bela jovem e dois sujeitos carregando alguns equipamentos.

— É aqui que mora o seu Chicão?

Seu Chicão?!

— Somos do canal 8 e queremos falar com ele, por favor.

A imprensa chegava à "base de operações".

Não se pensou em mais nada e todos foram para a frente da casa.

Depois daquela, outras equipes chegaram com repórteres, câmeras, fotógrafos e mais o que existe no incrível mundo da mídia. Era fio para tudo que era canto, gravador a dar com pau.

Dona Maninha desapareceu lá para o quarto de Chicão e, como se existisse um acordo entre eles, ninguém deixou escapar que "ela" estava ali.

Seu Francisco montou guarda na porta, convicto de que ali ninguém entraria. Papo com imprensa, só na varandinha da frente.

Nosso quinteto virou "arroz de festa", entrevistado e fotografado de cabo a rabo, numa agitação que durou até lá pelas cinco da tarde. De repente, como por encanto ou por força de uma combinação geral, a imprensa se mandou.

As primeiras notícias começaram a sair na TV por volta das sete, e as rádios já haviam antecipado o assunto, em *flashes* rápidos... A coisa agora era pública.

Seu Jurandyr foi o primeiro a chegar por conta disso e veio com dona Karla, sua mulher; dona Daysi e seu Onofre, pais de Décio, idem; seu Wilson e dona Elô, pais de Marcos, vieram logo depois.

Marcelo chegou meio ressabiado mas, lá por dentro, orgulhoso da irmã.

— Mamãe? Não deu pra vir — respondeu ao ser perguntado sobre dona Noemy. — Ela está bastante nervosa e precisou tomar uns calmantes. Como o velho está pescando, esperei até que ela relaxasse e então vim cumprimentar os heróis.

E a vizinhança?

A molecada queria mesmo era aparecer na TV: fazendo careta, mostrando a língua para as câmeras, botando chifrinho na cabeça de quem caísse na frente, uma baita zorra, ficaram zanzando por ali até que a última equipe jornalística se fosse. Juntou tanta gente que Tereza disse que estava se sentindo como um animal no zoológico em manhã de domingo. Só faltou jogarem amendoim.

— Deus permita que o *Aqui Agora* não apareça — rezava silenciosamente seu Francisco. — Se aparecer, o bairro todo vai vir para cá...

* * *

Manhã de domingo, sol gostoso iluminando tudo com generosidade, como se ele também estivesse alegre com o desfecho do caso.

Seu Francisco saiu bem cedo e foi esperar os jornais na banca perto da mercearia do Chinês.

Com a chegada do caminhão do leite, as portas da mercearia foram abertas para receber os engradados e seu Francisco foi descoberto.

— Ei, sô Flancisco! Vi os minino na TV. Muito bonito, né?!

Três madrugadores que estavam no ponto de ônibus prestaram atenção ao orgulhoso e encabulado pai.

Quando o Gonzaga Jornaleiro chegou para abrir a banca, aí não deu para fugir do papo.

— Amigo velho, você é pai dum herói, tá sabendo? O nosso herói aqui do bairro.

O Chinês, já livre do leite, juntou-se à conversa, e aí tome perguntas às quais seu Francisco mal conseguia responder, pois logo vinha outra antes da sua resposta.

Quando o furgão dos jornais chegou, foi um alívio: Gonzaga, supergentil, parou de falar e foi cuidar de separar os jornais — um de cada — para seu amigo.

— Hoje é por minha conta. Faltam a *Folha* e a *Tribuna*, mas quando chegarem, guardo para você, amigo.

— Obrigado, Gonzaga.

— E me dê um baita abraço no Chicão, hem?!

Seu Francisco saiu rapidinho, quando chegasse em casa leria as manchetes.

* * *

Dona Maninha já movimentava a cozinha, mas foi seu maridão chegar para largar tudo e ir curtir o noticiário:

TRAFICANTES DE BEBÊS PRESOS NA SERRINHA
JOVENS DERROTAM QUADRILHA PERVERSA
OPERAÇÃO RELÂMPAGO PRENDE ALEMÃES
BEBÊS ROUBADOS PARA TRANSPLANTE DE ÓRGÃOS

As matérias seguiam nessa toada.

Fotos? Era o que não faltava.

— Chicão saiu meio zarolho aqui.

— Nessa ele bem que podia ter arrumado a camisa, né?

— Olha só como a Laura parece estar fazendo um discurso...

Os jornais eram examinados sobre a mesa, e seu Francisco ia separando os cadernos onde estavam as notícias que interessavam.

— Oh! Meu Deus! O leite... — E dona Maninha correu para controlar o leite que deixara no fogo.

* * *

Eram quase nove horas quando Chicão entrou na sala, com cara de quem ainda dormiria mais, bem mais. Mas bastou ver os jornais que despertou de vez.

— O quartinho do quintal estava bom, filho?

— Acho que desmaiei, mãe. Dormi num tiro só, não ouvi nem senti nada.

— Dona Margô dormiu a noite toda e parece muito bem.

Barulho de carro parando na frente.

— Bom dia, Moreira — saudou seu Francisco, que fora abrir a porta.

— Como é que passaram com os jornalistas?

— Foi barra. Ô povo afobado! Mas sobrevivemos.

— Pelo que já li, eles ainda não descobriram dona Margô.

— De nossa parte, não vão descobrir nunquinha.

Moreira entrou, acompanhado da médica da Federal, que, depois dos cumprimentos gerais, seguiu com dona Maninha lá para dentro.

Uns cinco minutos depois, vieram as boas notícias: — Ela está muito bem, essa senhora tem uma saúde de ferro — comentou a doutora Lúcia. — Ontem ela estava abatida pela tensão, só precisava relaxar...

Outro carro parou lá fora. Laura chegava com seu Jurandyr.

Quase que em seguida, foi a vez de Marcos e, meia hora depois, todos estavam na pequena sala, jornais rodando de mão em mão — os que seu Francisco comprara e outros que cada um ia trazendo.

E tome cafezinho e refresco.

Moreira foi com seu Francisco até a varandinha e lá começou explicando como seria o inquérito, como os meninos iriam depor e coisas desse tipo.

Um outro carro, dona Gilda e duas professoras da escola: — Nossos meninos são os heróis do dia!

Quem as recebia era seu Francisco ou um baiacu inchado?

O trio passou para a sala, abraços, cumprimentos, alegria.

— Seu domingo vai ser movimentado, amigo.

— Movimentado e superfeliz...

— Você já está até falando como a garotada, Francisco.

Depois de rirem sobre aquilo — tudo era motivo para risos —, Moreira contou alguns detalhes da operação da véspera, tanto o que ele vira como o que soubera na Polícia Federal.

— ... o tráfico de bebês é um problema muito sério, Francisco. Essa coisa começa com a compra das crianças... são mães ignorantes, ou muito pobres, muitas vezes meninas de rua. A explicação é que os bebês vão ser adotados por estrangeiros, o que às vezes acontece; mas muitos acabam servindo como doadores de órgãos.

— Isso é uma barbaridade, meu Deus!

— É um verdadeiro mundo-cão! As que são adotadas podem até ter a sorte de virarem filhos dos adotantes. Porém, algumas são adotadas para serem empregadas dessas famílias... Ainda temos as que são adotadas para depois serem lançadas na prostituição infantil, lá pelos dez ou doze anos.

— Jesus! Que nojeira! Mas, e a polícia?

— A polícia quase sempre pode fazer muito pouco. Este Brasil é imenso, nossos hospitais vivem cheios de problemas e ninguém parece perceber quando uma criança, em geral filha de pessoas simples e sem recursos, desaparece. Além disso, há mulheres que têm os filhos em sua casa, sem ninguém por perto. É um inferno. Resolvemos este caso, salvamos as crianças que estavam na casa e a que ia seguir com os alemães, são nove a menos... Mas, a estas horas, quantas estarão saindo do país por outros aeroportos, em navios, pelas estradas? Se a polícia tem suas falhas, o que se pode esperar quando algumas quadrilhas contam com cúmplices nas enfermarias das maternidades, entre parteiras e até mesmo nos Juizados de Menores?

— Moreira, estou ficando tonto.

— É, meu amigo, é para tontear mesmo. Esses dois alemães têm uma bela ficha no ramo: os nomes que eles estavam usando agora eram uma nova fachada. O cara já foi identificado por uma foto da Interpol e, para seu conhecimento, ele já usou cinco nomes diferentes, com passaporte e tudo. A última vez que foi localizado data de 1992, no interior da Bolívia. Agora, com todos presos, a polícia vai tentar puxar o fio da meada para ver

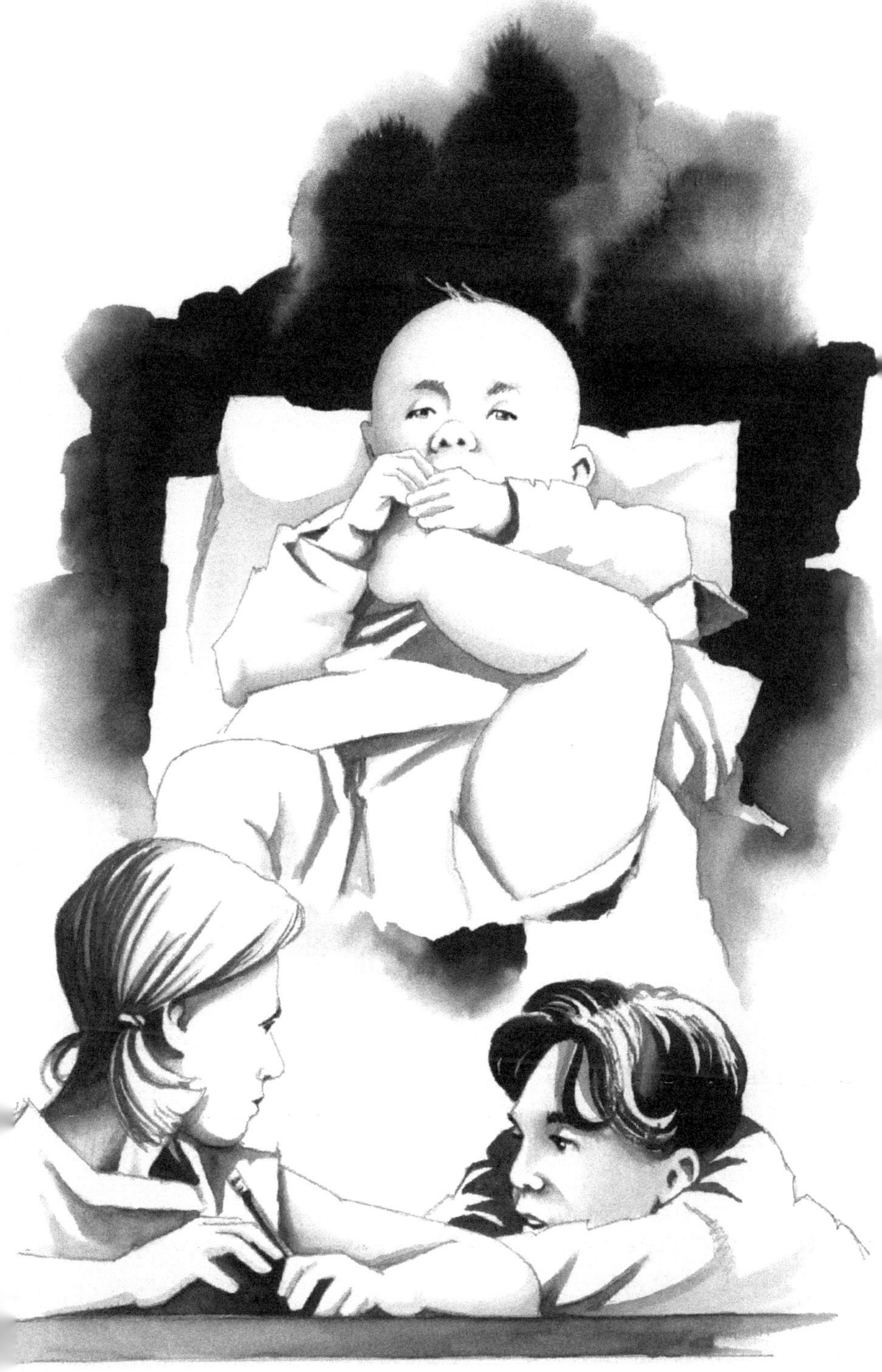

onde vai dar essa coisa toda. É um trabalho de paciência, bem diferente do que foi feito até a prisão deles.

— Não estou entendendo essa...

— A partir das suspeitas de Chicão, os federais foram analisando uma série de detalhes, como o dos grandes sacos de lixo: na quinta levaram dois para serem examinados e encontraram fraldas descartáveis e latas de leite em pó, material que indicava que o casal estava com bebês em casa, concorda? Como esse fato ainda não aparecera, significava que existia uma situação irregular envolvendo criancinhas. Outro detalhe foi o da lavagem de roupas sempre no fim da tarde, início da noite: era uma coisa para ser mantida em segredo, e a lavagem de roupa não precisa desse cuidado; assim, a tal roupa deveria ter o poder de identificar o que eles estavam fazendo ali.

— É, juntando um detalhe aqui e outro ali, já dava para saber que ali tinha confusão.

— Só que, se não tivesse sido a cisma de Chicão com algumas coisas que pareciam não ter nada a ver, ninguém mais iria perceber nada.

— Aí você tem razão.

— A polícia poderia ter esperado um pouco mais e descoberto outras coisas: de onde estavam vindo as crianças, para onde estavam indo, quem as estava comprando e por aí. Só que, neste meio tempo, um dos cinco jovens poderia se afobar e não se pode adivinhar o que teria ocorrido. São tantos "poderia", Francisco, que, tomar uma decisão, como a Federal tomou, é muita responsabilidade.

— Nem tinha pensado nisso...

— Pelo que está sendo levantado, parece que o tal casal chegou ao Brasil há cerca de três meses.

— Mas tendo tanta experiência, como é que caíram nessa? Poderiam ter ido para um sítio, uma chácara, qualquer coisa mais distante...

— É, tinham essa opção, mas, por outro lado, precisavam de um ponto mais central, não muito distante, tanto para pegar as crianças como para fazer as entregas. Preste atenção: pela contagem dos garotos, nesta semana chegaram cinco, saíram seis e nós estamos com nove... Movimento de uma semana, organizado só por duas pessoas.

— Que barbaridade!

— Catorze crianças em uma semana, Francisco. E isso sem contar as que os jovens não viram...

Aqueles números estavam incomodando seu Francisco.

— A nossa sorte é que os criminosos às vezes cometem erros incríveis.

— Felizmente tudo deu certo.

— A polícia pode muito e pode nada.

— Como assim?

— Quando a comunidade ajuda, quando pessoas como Chicão, seus amigos e você se interessam, trazem informações, a polícia pode muito. E por quê? É que não existe ação criminosa organizada que não seja vista por alguém, que não tenha uma testemunha... Um crime ocasional é diferente: o cara pega um revólver e dá um tiro em outra pessoa, numa rua escura, num dia de chuva, uma pessoa que ele não conhece, que ia passando por ali... Pronto, isso não vai ser mole de descobrir e quase sempre fica sem solução. Mas o crime organizado não age assim, ele é constante, ele tem rotinas, envolve muitas pessoas, precisa de uma estrutura, de locais físicos. Logo, fica mais fácil de ser descoberto. São as coisas que dão na vista, como o enriquecimento rápido de um cara que era pobre e que de repente começa a vestir roupas caras, compra casa, carro, viaja... e sem ter ganho na loto ou ter recebido qualquer herança. Ora, amigo, tem de ter alguma coisa estranha, pois ninguém conseguiu até hoje fazer o dinheiro se multiplicar por truques de mágica, concorda?

— Assim, até eu desconfiaria...

— Muito bem. E a polícia, como vai ficar sabendo disso? Só se alguém falar de suas desconfianças para ela. Descobrir é dureza, investigar é outra coisa, tem técnica própria, tem métodos, mas é mais fácil.

— É, Moreira, mas caguetar é perigoso.

— Sem dúvida que é. Mas quantas vezes a pessoa pode dar uma dica, sem aparecer? Basta uma ligação telefônica de um orelhão. Nos casos de sequestro, então, isso iria reduzir esse tipo de crime a quase zero. Não é fácil esconder uma pessoa por muito tempo, e nem todo bandido tem recursos para montar um esconderijo perfeito.

Seu Francisco refletia sobre tudo aquilo.

— A polícia, mesmo que fosse perfeita, coisa que nós sabemos que não é, ainda assim não poderia estar em todos os lugares, observando tudo e todos. Acontece que a maioria de nossa população tem medo, é desinformada ou não se acha responsável pela defesa da segurança comum. Você quer ver uma coisa? Aposto que ninguém aqui da sua vizinhança sabe qual é o número do telefone da delegacia do bairro, ou tampouco o nome do delegado.

— Na verdade, ninguém gosta de tratar com a polícia, Moreira.

— Só depois da casa arrombada, não é mesmo? Vamos começar com você, meu amigo: qual é o telefone da delegacia?

— !!!

— Assim, na hora do aperto, você ainda vai ter de descobrir esse telefone e depois nem vai saber com quem falar.

Não é que Moreira estava coberto de razões?

— Temos policiais que são bandidos? Temos. Então vamos fugir da polícia ou vamos ajudar os bons policiais para que eles possam se livrar dos maus? Quem achar que todo policial é bandido, este já chegou ao fim da linha e o melhor para ele será se mudar para uma ilha deserta ou para o meio do mato.

O que dizer?

Nada.

Foi o que seu Francisco fez.

— Mas sabe de uma coisa? — continuou Moreira.

— Diga lá.

— Achei importantíssimo o apoio que você deu ao Chicão, a fé que você depositou nele, acreditando naquela história meio maluca que ele contou.

— Aqui em casa a gente tem uma regra de vida: quem tiver um problema tem de contar para os outros dois e daí todos vamos encará-lo juntos. Ora, se ele cismou que havia alguma coisa de errado lá na casa, a gente tinha de conferir. Se tudo não passasse de cisma dele, melhor, o problema deixava de existir. Só somos nós três, então não podemos deixar que nada atrapalhe nossa felicidade.

— Gostei dessa sua filosofia, Francisco.

— A vida é muito boa, amigo. Deus não botou a gente aqui para sermos infelizes. Nós é que complicamos as coisas com nossa burrice, nosso orgulho, nossa inveja. Comprei esta casinha com muito sacrifício, e Maninha ainda precisa fazer uns docinhos para fora, principalmente para o Chinês. O rapaz estuda e ajuda a mãe com a entrega. Se amanhã ele quiser ser um motorista como eu, tudo bem, vai ser o melhor que puder ser, pois vai poder estudar o seu ofício e eu vou ajudá-lo, passando o que aprendi na vida e que na escola não se ensina. Se ele achar que deve ser outra coisa, então vá buscar o seu caminho, que Maninha e eu daremos a maior força. Se família não for assim, Moreira, para que ter uma?

— Pai! — era Chicão interrompendo a conversa.

— Que foi?

— A gente se esqueceu de uma coisa... Os passarinhos de dona Margô!

— É, não voltamos a falar nisso...

— Daqui a pouco ela pode acordar e eu queria poder lhe dizer alguma coisa sobre os bichinhos. Será que podemos ir até a casa dela?

— Vou com vocês. Deve ter alguém de guarda por lá — apoiou Moreira.

E Chicão, Marcos e Tereza seguiram com ele.

Décio e Laura ficaram satisfazendo a curiosidade de dona Gilda e das professoras.

* * *

Eram quase onze horas quando dona Margô entrou na sala, apoiada pela médica.

Bela figura, retinha, espigada, cabeça de algodão e uma fisionomia que irradiava paz, mesmo que ainda um pouco abatida.

Cumprimentos, abraços, astral altíssimo.

Como se tivesse combinado, Moreira chegava com os jovens. Novos abraços e afagos.

— E aí, dona Margô?

— Tudo bem, Chicom. Tudo bem que estarr aqui serr muito bom. É tantas carrinhas que acaba ficando frreguez.

— Dona Margô está com pressão de broto, 9 x 13. Coração batendo firme, somente precisando de repouso.

— Non só de rrepoz. Eu prrecisarr dum bom taças de vin, uma boas dum tinto, encorrpado, com aquela bom gosto de uva forte.

Risos felizes, dona Margô era realmente de um astral altíssimo.

— Claro que a senhora vai tomar seu vinho. Mas logo mais, porque o calmante que lhe dei ainda está no seu organismo.

— Eu esperrarr, querrida. Estarr aqui é já estarr na lucras, tudo serr festas... Num prrecisarr de outrras calmants.

— Dona Margô! Olha quem está aqui. — E Chicão levantou o gato da velha senhora.

— Ô, mon bichanim. Vem cá, Bijoux... — Afagando o gato, ela estava com uma pergunta para ser feita: — Chicom...

Chicão sabia qual seria a pergunta e atacou a resposta: — Os passarinhos estão lá, dona Margô.

— É... Mas non escutarr eles cantarr esses dias...

— É que eles estão nas árvores... Aqueles dois soltaram os bichinhos.

Dona Margô olhou para o chão e, levantando a cabeça lentamente, falou: — Que bom... Aqueles duas até fizerram um coisa boas... quand estarr prresa naqueles quarrtas eu pensarr em soltarr os bichins. Bijoux pode sairr no horra quele quizerr e só voltarr quand quizerr. Mé os bichins non, eles ficarr no gaiolas.

— Agora eles estão nas árvores, e até colocamos alpiste do lado de fora das janelas.

— Muito bom. Mas nos árvorres eles terr bichins e frrutas, muitos frrutas. Vai serr um banquets cada horra.

E alguém perguntou como tudo aquilo começara.

Ela fechou os olhos, respirou fundo como para lembrar melhor e começou a contar, com sua voz pausada e muito sonora: numa quinta-feira à tardinha, bateram palmas lá na frente, era uma moça. Na varanda, a moça se identificara como sua patrícia, contando uma história comprida sobre sua vinda para o Brasil. De repente um homem surgira ao seu lado. O revólver do tal homem não deixara a dona Margô opção para nada, além de seguir para o seu quarto, no andar de cima, como eles determinaram. Lá fora algemada na cabeceira da cama.

Todos ficaram imaginando o que eles deveriam ter dito e o que ela deveria ter sentido, ali sozinha e presa.

Mas ela prosseguiu: Comida, só na manhã seguinte; banheiro três vezes por dia, mas sempre de porta aberta e sob a vigilância da mulher. No sábado à noite percebera um cheiro estranho, mas só no dia seguinte conseguira descobrir que sua casa estava sendo utilizada como depósito de bebês. Puxando conversa com a mulher nas raras ocasiões em que esta se mostrava mais receptiva, ficara sabendo que eles estavam realizando "adoções" para casais estrangeiros e logo desconfiara que não deveriam ser adoções legais. Uma noite conseguira soltar as algemas da cama e, percebendo que pular pela janela seria uma tolice perigosa, descera pelas escadas com todo o cuidado do mundo.

— Tudo ia cerrtinhas. Vi os crriancinhas deitadins! Vi a abat-jour no chão, ligads, luz frraquinhas. Fui no porrta da frrente, fechads. Fui prro cozinhas... e o vagabond tar dorrmindas lá, na colchonets encostads no porrtas. Voltei prro janeles do salas. A mulherr estarr deitads lá. Tinha que sairr porr lá e fui abrrirr a trrincas... "Nein, nein, frau...", a bandidas falarr no meu costas. É, que fazerr? Subirr escads prro meu quartas. O mulherr estarr horrivis, brrava. Tive meds, muita meds. Ela prrenderr o algemas no cama e botarr correntes no meu cinturras e no camas. Só non gostarr dos tapas dela e da seu cintas... Oh! Oh! Que corros durras...

Era trágico, mas como ela riu, todos aliviaram a tensão, rindo também, embora, diga-se, um tanto sem graça.

Ela falou mais: ouvira Chicão falando com eles sobre o gato; que, mesmo amarrada, conseguira fazer a cama encostar na janela, chegando a abri-la algumas vezes, na tentativa de ver alguém ali fora. Fora pega outras vezes pela mulher, mas esta não lhe batera mais, só fizera xingar.

— Danads de mulherr do bocas sujas...

E dona Margô contou que um dia, sem quê nem pra quê, a mulher passou a abrir a janela já quase pelo entardecer, durante quase uma hora.

— Eu olharr prros árvorres, prros matas, mas nads, tavas sozinhos, sozinhos...

— E quando os policiais entraram no seu quarto?

— Os anjas terr pistolets! Eu pensarr, só poderr serr pesadelis, anjas non usarr pistolets... Mas elas falarr carrinhosas, me soltarr, me abrraçarr... Me, elas me levantarr... Meus perrnas erram de borrachs. Deu um dorr de barrigas... — E ela destrambelhou a falar em alemão, o que todos estavam entendendo como se fosse português, porque as falas do coração dispensam as traduções.

Todos estavam emocionados.

Marcos sentiu que tinha de fazer alguma coisa. E fez: — Então comé que é?! E pra dona Margô, é tudo ou nada?

E o grito de guerra dos jovens estourou por ali e adjacências:

— Tudo!!! É pique, é pique...

* * *

As galinhas ao molho pardo, "arquivadas" no sábado, foram "desarquivadas" naquele domingo, desaparecendo em pouco tempo. Só que não foram sozinhas na derradeira viagem: junto com elas, também desapareceu uma travessona de talharim ao sugo, outra das obras-primas de dona Maninha.

As visitas haviam saído antes do almoço. Foi então que Chicão aproveitou para dar uma chegadinha na casa de dona Margô, de onde trouxe uma garrafa de Saint Valery, o vinho preferido da velha amiga, tudo com a cumplicidade de Moreira.

— Faz mal nada, mãe — respondeu Chicão quando dona Maninha lembrou das recomendações da doutora Lúcia. — No máximo, vai dar um soninho nela, o que é de bom tamanho.

A piscadela de olhos de sua mãe assinou sua cumplicidade naquele plano e brindou-se a tudo naquele momento, batendo cerveja, guaraná, coca e caipirinha com o vinho da amiga alemã.

Moreira, bastante à vontade naquele ambiente tão familiar, fez Chicão levá-lo até o Chinês, de onde voltou com um substancial reforço para os bebes domingueiros, já que os comes estavam devidamente providenciados.

Os acontecimentos da véspera já estavam mais que comentados e, antes de dona Gilda sair, tinham decidido soltar *O Espaço* com dezoito páginas, sendo quatro reservadas para "A incrível dona Margô".

Bem, foi aí que aconteceu o almoço de que estávamos falando, depois do qual escreveram a matéria para o jornalzinho.

* * *

Durante a tarde, outras visitas apareceram, algumas se repetiram.

Duas equipes de TV: uma alemã, naturalmente, e a outra do Japão, povo danadinho de curioso.

Eles continuavam sendo o sucesso do dia. E chegaram à evidência nacional quando apareceram no *Fantástico*, numa matéria verdadeiramente impressionante, relatando tudo o que aqueles dois haviam feito em sua carreira criminosa.

— Só mesmo a Globo para dar uma geral desse tamanho! — comentou seu Francisco, fã incondicional do *Fantástico*.

* * *

Na segunda-feira...

A escola inteira parece que combinou de chegar mais cedo para esperar a equipe de *O Espaço*.

E Tereza foi a primeira a chegar, quase juntinho com Décio.

Foram absorvidos pelos colegas, saudações por todo lado, perguntas aos montes, destino idêntico ao de Laura e Décio.

Chicão, para variar, foi o último.

Bem, o pátio era um agito só; nossos amigos cercados em verdadeiras ilhas humanas, quando o sinal tocou.

E quem ligou praquilo?

Dona Gilda veio até assistir, pois sabia que aquela não era uma segunda-feira igual às outras, a excitação pairava sobre os jovens, e, se muitos pais tinham ficado por ali para ver os cinco jovens heróis, o que se podia esperar dos alunos, seus colegas?

Por isso, dona Gilda deixou que continuasse aquela festa que ocorria no pátio. Era como se aquilo fosse uma aula sobre "você também pode fazer"...

* * *

As aulas só começaram depois do recreio e, antes do final do período, a diretora mandou chamar o quinteto à sua sala, livrando-os do tumulto da hora da saída.

E foi ali mesmo, na diretoria, que eles começaram a finalizar a pauta de *O Espaço*.

Chicão (ora se não seria ele) teve de aguardar que os demais alunos saíssem, para dar um pulo em sua casa, pois acabara esquecendo lá a matéria que escrevera... É, o Chicão continuava sendo o mesmo.

Como combinado no domingo, Laura e Tereza haviam levado o "rango" para garantir a "jornada editorial". Dona Gilda, por sua vez, ajudou a secretária da escola a datilografar os estênceis.

A sala da diretora era agora uma verdadeira redação de jornal.

Marcos assumiu as funções de pombo-correio, levando os estênceis prontos para irem sendo rodados, auxiliado por Décio e Chicão.

Coisa de quinze minutos depois, os cinco estavam lá, preparando as dezoito páginas para serem colecionadas e grampeadas.

Trabalho de equipe é um barato, e, como aquele número do jornal era de fato muito especial, dona Gilda acabou se integrando à equipe.

Eram cinco e pouco quando a agitação foi cessando: os setecentos exemplares estavam prontinhos, divididos pelas turmas da escola, as pilhas devidamente arrumadas.

Os cinco, dona Gilda, Suzana (a secretária), Natanael do mimeógrafo, dona Gertrudes da limpeza, seu Vicente, o encarregado do depósito, e até seu Rezende, o inspetor-dureza, todos olhavam para aquelas pilhas sem saber o que dizer.

Chicão coçou a cabeça, estava pouco à vontade.

— Chicão, sua matéria ficou superlegal — Laura quebrou o silêncio.

— Legal sim, cara. Foi bárbaro! — apoiou Tereza.

— Tudo em cima, que bom — respondeu Chicão, sem muito entusiasmo, uma das mãos no bolso, a outra coçando a nuca.

— Algum problema, Francisco? — Dona Gilda sentiu alguma coisa no ar.

Chicão encarava as pilhas do jornal.

— É... bem, o jornal taí, né?

— E vai ser um estouro! Todo mundo vai grudar nele para saber a história toda, contada por você, cara! — Tereza era uma vibração só.

— Tudo em cima, tudo em cima...

— Então, Chicão. Qual é o problema, cara?

— Bem, pode ser apenas que eu esteja cismado...

— Cismado com o quê? Solta logo, pô! — Laura apertando o amigo.

— É, pode até ser bobeira minha...

— Fala logo, meu! — Marcos estava ficando agoniado.

— Pois é, seu Salatiel não abre a loja da sapataria desde quinta! Passei lá agora e ela continua fechada!!!

SAPATARIA

Epílogo
ou
Pensamentos noturnos

Dona Margô, do quarto de Chicão:

— Depois que Helmut morrerr, o Alemanha ficarr difícil parra mim... Tudo lá ser Helmut, *mein Lieb*. Non terr parrentes, ser só nós duas, vim parra cá parra caminharr sozinho neste minha resto de estrrada e acabarr encontrrando amigas, pessoas que non conhecerr, florres plantados no meu rota. Como o vida ser marravilhoso, *mein Gott*!

Dona Maninha, arrumando sua cama:

— Tenho um diploma conquistado na escola da vida, e tenho uma função que é muito importante para que meu Chico possa trabalhar tranquilo e meu Chicão possa construir a vida dele como achar melhor. Como é gostoso participar para o sucesso da nossa gente!

Seu Francisco, ainda filosofando na varanda:

— Tem pai que cobra dos filhos que sejam responsáveis nas suas obrigações, mas que os acham irresponsáveis quando eles querem pôr em prática seu direito de participar, de ser gente, de viver do modo deles. Por tudo o que se passou, acho que estou fazendo o que é certo para ajudar Chicão a viver a sua vida. Meu Deus, me ajude a fazer o que for certo.

Chicão, lá do quartinho do quintal:

— Tem gente andando por aí sem ver que alguém está precisando dele, ou fazendo de conta que não está vendo, tem carinha que acha papo de velho coisa careta e perde um montão de coisas boas, tão fáceis de aprender... e praticar. Eu é que não vou marcar bobeira e amanhã vou fuçar lá, para ver o que aconteceu com o Salatiel sapateiro.

Coleção Jabuti Aventura

Editora Saraiva

FURO DE REPORTAGEM

ROBERTO JENKINS DE LEMOS

Apreciando a Leitura

Bate-papo inicial

Ao tentar descobrir o estranho desaparecimento da boa dona Margô, Chicão e seus amigos acabaram penetrando no mundo do crime e ajudando a polícia a descobrir uma poderosa rede de tráfico de bebês. Com isso, o nosso herói acabou dando o "furo de reportagem" de que o jornalzinho de sua escola precisava para aquele final de semana.

Com o "Apreciando a Leitura", teremos a oportunidade de refletir sobre alguns aspectos desta história que aborda assuntos tão polêmicos como o crime organizado, a violência, mas também a importância da solidariedade, do relacionamento familiar e da confiança no trabalho em equipe.

■ Analisando o texto

1. A história que você acabou de ler apresenta elementos que poderiam caracterizá-la como uma narrativa policial, pois o enredo que envolve um desaparecimento e sua investigação atrai a atenção do leitor, prendendo-a até o final. Podemos considerá-la, portanto:

( ) um drama

( ) uma comédia

( ) uma aventura

2. Muitas vezes, os autores não contam a história na ordem certinha em que ela realmente ocorreu. Um ou mais fatos, que irão acontecer só mais para frente, são antecipados para nós, leitores. Há um momento assim na história? Qual o efeito que esse tipo de recurso causa em quem está lendo a história?

R. ____

____

____

____

____

____

3. Alguns fatos sucessivos levaram os nossos "espiões amadores" a suspeitarem que algo estranho estava acontecendo na casa de dona Margô. Assinale apenas os que estão de acordo com a narrativa:

( ) Um estranho casal de alemães chegava e saía da casa, diariamente, com dois volumes enormes.

( ) Numa sexta-feira, Chicão notou a ausência de dona Margô ao passar pela casa da senhora.

( ) Um vulto aparecia na janela do quarto todas as manhãs.

( ) Alguns parentes alemães tomavam conta da casa e dos animais de dona Margô, durante sua ausência.

( ) Os pássaros e o gato da boa senhora também haviam sumido.

( ) Um carro preto com um casal desconhecido estava parado em frente à casa de dona Margô.

( ) Ao entardecer, acontecia a "operação lençóis".

( ) Sacos de lixo pretos, enormes, eram colocados na cerca da casa, diariamente.

O carioca Roberto Jenkins de Lemos (1937-2010), estabeleceu-se em Brasília por 29 anos, onde exerceu funções governamentais e, nos intervalos, atuou no campo empresarial. Colaborou com diversos órgãos da imprensa nacional, ministrou cursos na área de Administração, foi membro da ABRP — Associação Brasileira de Relações Públicas, tendo desenvolvido diversos trabalhos no setor, proferiu palestras em diversos eventos e planejou e gerenciou outros. Em 1991, mudou-se para Vila Velha; em 1994 foi morar em Nova Guarapari, Espírito Santo, mas, depois, retornou a Brasília.

Para ele, era muito gratificante ser lido por jovens, embora, em sua opinião, escrever para adolescentes fosse uma grande responsabilidade, pois eles conferem tudo o que leem. Bem-humorado e um "fazedor de jornais", além deste *Furo de reportagem*, Roberto Jenkins de Lemos publicou, pela Coleção Jabuti, *Firme como boia*, *A mochila*, *Oh! Coração!*, *Primeiro amor* e *Sendo o que se é*.

Um de seus últimos textos exprime bem seu pensamento e o modo como encarava a vida:

"Cada dia, um recomeço.
A vida é mutante pela sua própria natureza e, em assim sendo, renovamo-nos diuturnamente; é um recomeço constante, já que hoje há de ser diferente do ontem. Por conseguinte, o bicho-homem é mutável e mutante. O que foi hoje será finito na sua própria essência."

COLEÇÃO JABUTI

4 Ases & 1 Curinga
Adeus, escola ▼◆🗐☒
Adivinhador, O
Amazônia
Anjos do mar
Aprendendo a viver ◆⌘■
Aqui dentro há um longe imenso
Artista na ponte num dia de chuva e neblina, O ✻★⌖
Aventura na França
Awankana ✎☆⌖
Baleias não dizem adeus ✻📖⌖○
Bilhetinhos ✪
Blog da Marina, O ⌖✎
Boa de garfo e outros contos ◆✎⌘⌖
Bonequeiro de sucata, O
Borboletas na chuva
Botão grená, O ▼✎
Braçoabraço ▼⚐
Caderno de segredos ❑◎✎📖⌖○
Carrego no peito
Carta do pirata francês, A ✎
Casa de Hans Kunst, A
Cavaleiro das palavras, O ★
Cérbero, o navio do inferno 📖☑⌖
Charadas para qualquer Sherlock
Chico, Edu e o nono ano
Clube dos Leitores de Histórias Tristes ✎
Com o coração do outro lado do mundo ■
Conquista da vida, A
Contos caipiras
Da costa do ouro ▲⌖○
Da matéria dos sonhos 📖☑⌖
De Paris, com amor ❑◎★📖⌘☒⌖
De sonhar também se vive...
Debaixo da ingazeira da praça
Delicadezas do espanto ✪
Desafio nas missões
Desafios do rebelde, Os
Desprezados F. C.
Deusa da minha rua, A 📖⌖○
Devezenquandário de Leila Rosa Canguçu ✈
Dúvidas, segredos e descobertas
É tudo mentira
Enigma dos chimpanzés, O
Enquanto meu amor não vem ●✎⌖
Escandaloso teatro das virtudes, O ✈☺
Espelho maldito ▼✎⌘
Estava nascendo o dia em que conheceriam o mar
Estranho doutor Pimenta, O
Face oculta, A
Fantasmas ⌖
Fantasmas da rua do Canto, Os ✎
Firme como boia ▼⌖○
Florestania ✎
Furo de reportagem ❑✪◎📖⚐⌖
Futuro feito à mão
Goleiro Leleta, O ▲
Guerra das sabidas contra os atletas vagais, A ✎
História de Lalo, A ⌘
Histórias do mundo que se foi ▲✎✪
Homem que não teimava, O ◎❑✪⚐○
Ilhados
Ingênuo? Nem tanto...
Jeitão da turma, O ✎○
Lelé da Cuca, detetive especial ☑✪
Leo na corda bamba
Lia e o sétimo ano ✎■
Liberdade virtual ✎
Lobo, lobão, lobisomem
Luana Carranca
Machado e Juca †▼●☞☑⌖
Mágica para cegos
Mariana e o lobo Mall 📖⌖
Márika e o oitavo ano ■
Marília, mar e ilha 🗐✍✎
Mataram nosso zagueiro
Matéria de delicadeza ✎☞⌖
Melhores dias virão
Memórias mal-assombradas de um fantasma canhoto
Menino e o mar, O ✎
Miguel e o sexto ano ✎
Minha querida filhinha
Miopia e outros contos insólitos
Mistério de Ícaro, O ✪⚐
Mistério mora ao lado, O ▼✪
Mochila, A
Motorista que contava assustadoras histórias de amor, O ▼●🗐⌖
Muito além da imaginação
Na mesma sintonia ⌖■
Na trilha do mamute ■✎☞⌖
Não se esqueçam da rosa ♠⌖
Nos passos da dança
Oh, Coração!
Passado nas mãos de Sandra, O ▼◎⌖○
Perseguição
Porta a porta ■🗐❑◎✎⌘⌖
Porta do meu coração, A ◆⚐
Primavera pop! ✪📖⚐
Primeiro amor
Que tal passar um ano num país estrangeiro?
Quero ser belo ☑
Redes solidárias ◎▲❑✎⚐⌖
Reportagem mortal
Riso da morte, O
romeu@julieta.com.br ❑🗐⌘⌖
Rua 46 †❑◎⌘⌖
Sabor de vitória 🗐⌖○
Sambas dos corações partidos, Os
Sardenta ☞📖☑⌖
Savanas
Segredo de Estado ■☛
Sendo o que se é
Sete casos do detetive Xulé ■
Só entre nós – Abelardo e Heloísa 🗐■
Só não venha de calça branca
Sofia e outros contos ☺
Sol é testemunha, O
Sorveteria, A
Surpresas da vida
Táli ☺
Tanto faz
Tigre na caverna, O
Triângulo de fogo
Última flor de abril, A
Um anarquista no sótão
Um balão caindo perto de nós
Um dia de matar! ●
Um e-mail em vermelho
Um sopro de esperança
Um trem para outro (?) mundo ✖
Uma janela para o crime
Uma trama perfeita
U'Yara, rainha amazona
Vampíria
Vida no escuro, A
Viva a poesia viva ●❑◎✎📖⌖○
Viver melhor ❑◎⌖
Vô, cadê você?
Yakima, o menino-onça ♨∽○
Zero a zero

★ Prêmio Altamente Recomendável da FNLIJ
☆ Prêmio Jabuti
✻ Prêmio "João-de-Barro" (MG)
▲ Prêmio Adolfo Aizen - UBE
✍ Premiado na Bienal Nestlé de Literatura Brasileira
☛ Premiado na França e na Espanha
☺ Finalista do Prêmio Jabuti
♨ Recomendado pela FNLIJ
✖ Fundo Municipal de Educação - Petrópolis/RJ
✪ Fundação Luís Eduardo Magalhães
● CONAE-SP
⌖ Salão Capixaba-ES
▼ Secretaria Municipal de Educação (RJ)
■ Departamento de Bibliotecas Infantojuvenis da Secretaria Municipal da Cultura/SP
◆ Programa Uma Biblioteca em cada Município
❑ Programa Cantinho de Leitura (GO)
♠ Secretaria de Educação de MG/EJA - Ensino Fundamental
☞ Acervo Básico da FNLIJ
✈ Selecionado pela FNLIJ para a Feira de Bolonha/96
✎ Programa Nacional do Livro Didático
📖 Programa Bibliotecas Escolares (MG
∽ Programa Nacional de Salas de Leitu
🗐 Programa Cantinho de Leitura (MG)
◎ Programa de Bibliotecas das Escolas Estaduais (GO)
† Programa Biblioteca do Ensino Médio (P
⌘ Secretaria Municipal de Educação/SP
☒ Programa "Fome de Saber", da Faap (S
⚐ Secretaria de Educação e Cultura da Ba
○ Secretaria de Educação e Cultura de Vitó